SENTIMENTOS: ACHADOS E PERDIDOS

SENTIMENTOS: ACHADOS E PERDIDOS

ilustrações de
SILVIA AMSTALDEN

IVAN JAF
LUIZ ANTONIO AGUIAR
JOÃO ANZANELLO CARRASCOZA
SHIRLEY SOUZA
MENALTON BRAFF
MARCIA KUPSTAS
RAUL DREWNICK
CARMEN LUCIA CAMPOS

© EDITORA DO BRASIL S.A., 2015
TODOS OS DIREITOS RESERVADOS

Texto © IVAN JAF, LUIZ ANTONIO AGUIAR, JOÃO ANZANELLO CARRASCOZA, SHIRLEY SOUZA, MENALTON BRAFF, MARCIA KUPSTAS, RAUL DREWNICK, CARMEN LUCIA CAMPOS
Ilustrações © SILVIA AMSTALDEN

Direção-geral: VICENTE TORTAMANO AVANSO
Direção adjunta: MARIA LUCIA KERR CAVALCANTE DE QUEIROZ

Direção editorial: CIBELE MENDES CURTO SANTOS
Gerência editorial: FELIPE RAMOS POLETTI
Supervisão de arte e editoração: ADELAIDE CAROLINA CERUTTI
Supervisão de controle de processos editoriais: MARTA DIAS PORTERO
Supervisão de direitos autorais: MARILISA BERTOLONE MENDES
Supervisão de revisão: DORA HELENA FERES

Coordenação editorial: GILSANDRO VIEIRA SALES
Assistência editorial: PAULO FUZINELLI
Auxílio editorial: ALINE SÁ MARTINS
Coordenação de arte: MARIA APARECIDA ALVES
Produção de arte: OBÁ EDITORIAL
   Edição: MAYARA MENEZES DO MOINHO
   Projeto gráfico: CAROL OHASHI
   Editoração eletrônica: RICARDO PASCHOALATO
Coordenação de revisão: OTACILIO PALARETI
Revisão: EQUIPE EBSA
Coordenação de produção CPE: LEILA P. JUNGSTEDT
Controle de processos editoriais: EQUIPE CPE

Dados Internacionais de Catalogação na Publicação (CIP)
(Câmara Brasileira do Livro, SP, Brasil)

Sentimentos : achados e perdidos / ilustrações de Silvia Amstalden.
– São Paulo: Editora do Brasil, 2015. – (Série todaprosa)
     Vários autores.
     ISBN 978-85-10-06024-0
1. Adolescência 2. Literatura juvenil I. Amstalden, Silvia. II. Título.
III. Série.

15-06077   CDD-028.5

Índice para catálogo sistemático:
1. Literatura juvenil   028.5

1ª edição / 3ª impressão, 2023
Impresso na Gráfica Plena Print

Rua Conselheiro Nébias, 887
São Paulo, SP – CEP: 01203-001
Fone: +55 11 3226-0211
www.editoradobrasil.com.br

DE REPENTE, ADOLESCENTE

Quando a gente é pequeno, não vê a hora de se tornar adulto. Mas crescer exige muito de nós, principalmente na adolescência, essa fase tão intensa da vida, em que deixamos de ser crianças, mas ainda não somos adultos...

É como se, de repente, precisássemos abandonar o jeito infantil de ver e experimentar o mundo e reagir a ele, para se comportar como alguém "experiente", que sabe direitinho o que fazer em qualquer situação... Mas como lidar com o desconhecido e com a profusão e a intensidade de sentimentos que invadem nossa vida nessa fase?

Será que os adultos sabem mesmo como agir em todos os momentos? Será que conseguem de verdade ser sempre maduros e não ter atitudes tipicamente infantis ou juvenis?

Quem nunca teve uma explosão de raiva? Quem não se apaixonou intensamente? Quem não caiu no choro ao se sentir sozinho, traído, magoado? E quem não se arrependeu ou se envergonhou de algo que fez... ou que deixou de fazer?

Sentimento não tem idade, sempre pode surpreender e arrebatar, tenha você 13, 18, 25, 50 ou 80 anos...

Sentimentos: achados e perdidos traz oito contos que retratam exatamente isso: pessoas que tomam consciência dos próprios sentimentos, experimentam sensações boas ou ruins, crescem com o que vivenciam ou percebem quanto ainda precisam amadurecer. Pessoas, enfim, que fazem loucuras movidas pela emoção, ou não fazem nada, paralisadas por ela.

Nos contos deste livro, você conhecerá histórias que falam de amor, tristeza, ilusão, traição, arrependimento, situações que podem acontecer a qualquer um de nós, até mesmo a você.

Experimente ver o mundo com os olhos dos personagens dessas narrativas e viajar no modo deles de sentir a vida. Com certeza, essa experiência levará você a entender um pouco melhor os outros e a si mesmo.

SUMÁRIO

EU NÃO SOU UM PÃO DE BATATA 9
IVAN JAF

A HISTÓRIA DE CARENINA 25
LUIZ ANTONIO AGUIAR

COMO A LUZ 43
JOÃO ANZANELLO CARRASCOZA

RÁPIDO DEMAIS 51
SHIRLEY SOUZA

FESTA DE ANIVERSÁRIO 69
MENALTON BRAFF

O NAMORADO DA MELHOR AMIGA 89
MARCIA KUPSTAS

A ESTRELA ANITA 107
RAUL DREWNICK

MANO 125
CARMEN LUCIA CAMPOS

O AMOR É REALMENTE LINDO...
ATÉ QUANDO NÃO É.

IDEALIZAR FAZ PARTE DA
NATUREZA HUMANA, NÃO
HÁ NADA DE ERRADO NISSO.

O COMPLICADO É QUANDO
VALORIZAMOS DEMAIS O
OUTRO E ESQUECEMOS
NOSSO PRÓPRIO VALOR...

EU NÃO SOU UM PÃO DE BATATA

IVAN JAF

A primeira vez que vi o imbecil eu estava comendo um pão de batata e tomando um refrigerante. Lindo! Todas as minhas fantasias estereotipadas estavam lá: olhos azuis, louro, forte, alto, braço tatuado, uns 19 anos. O típico padrão de beleza ocidental. Um modelo de capa de revista. Fiquei imediata e completamente apaixonada. Quando ele passou perto de mim com a pizza e o refrigerante minha pele arrepiou toda, e a pele é o maior órgão do corpo humano, chega a dois metros quadrados de extensão num adulto médio, o que corresponde a 16% do nosso peso total, e divide-se em epiderme, derme e hipoderme. Meu coração bateu mais forte que o normal, que é aproximadamente 100 mil vezes por dia, 3 milhões de vezes por mês, 37 milhões de vezes por ano, o que significa que, quando eu tiver 80 anos, ele terá palpitado perto de dois bilhões e novecentas milhões de vezes, o que pelo menos me consola por ter desperdiçado alguns milhares de palpitações por causa daquele idiota.

Babei por ele. As glândulas salivares podem produzir até um litro de saliva por dia. Nem piscava. Cada piscadela dura 50 milésimos de segundo. Muito tempo sem ver o meu amor. Não poderia suportar.

O cretino se levantou para ir embora. Naquele minuto, tempo em que o coração é capaz de bombear 5 litros de sangue, o que faz com que movimente 7 200 litros por dia, meus órgãos do sentido, com suas células nervosas completamente excitadas, mandaram uma mensagem urgentíssima, por meio de descargas elétricas que atravessaram o sistema nervoso central a uma velocidade de 385 quilômetros por hora, para um cérebro que, em média, pesa um quilo e quatrocentos gramas e exige 25% de todo o oxigênio que consigo arrancar desse planeta maluco, e a mensagem era: "SIGA ESSE CARA, SUA BESTA".

Fui atrás, achando que havia encontrado o homem da minha vida. Ele entrou no banheiro. Um adulto médio elimina 3 litros de água por dia, tudo bem, esperei. Saiu, subiu as escadas rolantes até o terceiro andar – o meu andar! E acabou entrando na loja de materiais esportivos, em frente à minha!

– Você demorou. Tô cheia de fome – a Izete reclamou e saiu para almoçar.

Eu trabalhava numa livraria. O melhor emprego que uma *nerd* como eu poderia conseguir. Sempre adorei livros. No meio de todas aquelas estantes me sentia um peixinho dentro d'água, poderia passar o resto da vida pra lá e pra cá. Mas também me achava solitária, excluída do mundo real, aquele mundo lá fora onde as pessoas se divertiam, namoravam, dançavam e ninguém passava um sábado à noite lendo Guimarães Rosa. Precisava fazer alguma coisa para participar do que eu pensava que era a *vida*. Com certeza foi isso que me levou a cometer aquele desatino.

Arrumei os livros da vitrine, olhando para fora, vendo o meu suposto amor lá do outro lado conversando com a vendedora bonita, me mordendo de ciúme por um sujeito que nem sabia da minha existência.

Eu atendia os clientes e voltava para conferir. Ele ainda estava lá! Não saía da loja. Só no final da tarde superei meu pessimismo crônico e concluí que o meu amor estaria sempre ali em frente, porque ele era o novo vendedor da loja de artigos esportivos!

Fiquei feliz e cheia de esperança, mas, como sempre, isso durou pouco, caí logo na real. A menina que trabalhava com ele era aquele tipo gostosona, peitão, sarada, tudo no lugar, curvas que davam até enjoo, uma dessas mulheres-melancia plantadas pela mídia e que brotavam por todo lado, e ainda por cima usando a roupa que se vende nesse tipo de loja, calça de malha colante e um *top*.

Que motivo teria aquele cara maravilhoso para prestar atenção em mim, com um mulherão daquele ali ao lado dele? Os dois formavam o casal perfeito, modelos de beleza e juventude, saídos de uma propaganda de cerveja. Eu era a espectadora. Não sei o que me deu naquela época, sempre havia criticado tudo aquilo, mas... quis entrar na propaganda. Achei que havia uma festa acontecendo e quis ir.

Pode ter sido aquela noite de autógrafos de um livro de moda, uma semana antes. A livraria ficou cheia de modelos. Homens e mulheres lindos, bem vestidos, todos com mais de um metro e oitenta, e eu passando no meio deles, com meu metro e sessenta, uma ratinha numa floresta de eucaliptos, a noite toda me forçando a lembrar de que aqueles cérebros lá no alto viviam num mundo fútil, bobo, de aparências, vazio de espírito. Eram "descolados", sim, mas da cultura que os cercava naquelas estantes. Eu sabia disso, sabia que tinha razão, mas a verdade é que eles eram bonitos mesmo e aparentavam estar se divertindo bastante, enquanto eu já parecia uma velha ranzinza.

Cheguei em casa arrasada. Me tranquei no quarto com um sanduíche de presunto e um copo de leite e fiquei na frente do espelho.

Os pés eram grandes demais, eu me sentia um L, e aqueles dedões gordos, um horror. A cicatriz no tornozelo esquerdo. Justamente no lugar onde as gatinhas têm uma tatuagem sensual a desastrada arranjou um queloide nojento.

Há quanto tempo não depilava as pernas? Assim não ia dar, precisava passar uma gilete nelas o mais rápido possível. E cortar e pintar 20 unhas. E manter as sobrancelhas separadas. Trabalheira fútil. Por isso existiam mais escritores homens do que escritoras mulheres. Eles não perdiam tempo com essas coisas.

A barriga era um cinturão de dois palmos de gordura localizada onde não devia, com um umbigo saliente, a torneirinha do barril. E sobre ela, tipo toldo, dois peitos enormes, meio bobões, mas firmes, que justiça seja feita recebiam muitos olhares e mantinham minha autoestima no nível mínimo necessário para continuar existindo. Obrigada, amigos.

Achei os braços compridos demais. Eram ótimos para pegar livros no alto das estantes, mas precisava reparar se nas outras mulheres as mãos também chegavam quase até os joelhos ou se eu estava mais próxima dos macacos do que o normal.

O rosto era redondo tipo cebola, dava vontade de chorar, tudo gordinho, queixo, bochechas e nariz, que são capazes de sentir 6 850 cheiros diferentes. Atrás de lentes grossas, duas bolinhas escuras e aflitas como peixinhos num aquário.

Na cabeça, revoltados, indisciplinados, confusos, intransigentes, sem aceitar regras, um monte de fios de cabelo individualistas que nunca se comportavam do jeito que eu queria e era preciso prendê-los com grampos e elásticos.

Resumindo a análise estrutural: melhor não contar com amor à primeira vista. Eu parecia um pão de batata cabeludo e míope.

A autovistoria me deixou deprimida e não fui à aula. Eu fazia um cursinho à noite, para enfrentar as provas do Enem no final do mês. Tinha passado duas semanas estudando Biologia, minha mente estava sobrecarregada com informações sobre o corpo humano. Virei a noite com a cara enterrada num livro de Física.

Atravessei a manhã seguinte alimentando minha autopiedade e no almoço, com medo de que ele aparecesse, comprei meu pão de batata e fui comer no térreo. Sentei meus 206 ossos num banco e fiquei olhando as mulheres, lindas e produzidas, corpos fabricados em série nas academias, cabelos de comercial de xampu, roupas grifadas, bolsas que me custariam quatro meses de salário. Me senti invisível, na sombra, ofuscada pela beleza do mundo. Mas parecia tudo tão artificial. *Shopping* é a humanidade treinando para o futuro. Depois que destruirmos a Terra, precisaremos construir mundos no espaço, e serão assim, *shoppings*, tudo será fabricado, artificial, inclusive as pessoas.

Vi um senhor de uns 70 anos e uma menina de 15 ficarem no caminho um do outro, desviando para o mesmo lado três vezes, até ele afinal ir para a direita, ela para a esquerda. Aquilo acontecia muitas vezes nas calçadas e nos corredores do *shopping*, e eu tinha reparado que só entre pessoas diferentes: velhos com novos, homens com mulheres, feios com bonitos, gordos com magros. Naquele dia entendi. Havia estudado eletromagnetismo na véspera. Polos opostos se atraem, polos iguais se repelem. Se a feia aqui caminhasse na direção do meu amor lindo certamente bateríamos de frente. Foi então que minha cabeça perturbada teve a ideia: usar as minhas armas, o estudo, a ciência, o conhecimento, para ter um encontro com a paixão da minha vida. Bem, pelo menos um encontrão.

O amor é um fenômeno eletromagnético, claro, isso explica por que pessoas opostas se atraem. Eu e ele éramos opostos. A Física estava do meu lado. Era só ir na direção dele que *naturalmente* ficaríamos no caminho um do outro. Nem precisava forçar. Quando ele quisesse ir para um lado eu iria também, presos num lindo campo magnético. Só nos restaria sorrir, conversar sobre o assunto, descobrir que trabalhávamos *também* um de frente pro outro, falar sobre o destino, combinar outro encontro no fim do expediente...

Já era uma ideia bem absurda, mas eu consegui piorar: só a atração dos opostos talvez não fosse o suficiente. Eu podia aumentar minha força magnética me imantando. É isso. "Virar" um ímã.

Naquela noite tornei a matar aula e a estudar Física.

Ímãs são substâncias naturais, nascem assim. Um pão de batata como eu não tinha um pingo de magnetismo, só atraía problema. Mas Ampère, um físico francês do século XVIII, conseguiu criar um ímã artificial. Ele enrolou um fio eletrificado numa barra de ferro e fez o eletroímã.

"...uma corrente elétrica cria em volta de um condutor um campo magnético, uma região do espaço sujeita à influência de forças mecânicas como a atração..." Isso! Atração!

Eu podia me tornar um ímã! Como?

"a) pelo atrito de um corpo contra o outro; b) por reações químicas; c) por efeitos térmicos; d) pelo bombardeio de partículas ou radiações ionizantes..."

Pelo atrito me pareceu mais saudável. Lembrei do professor esfregando um pente de plástico numa capa de náilon. Depois disso o pente passou a atrair pedacinhos de papel. Eu podia me esfregar na capa de chuva!

Antes: comprar lentes de contato. Isso não tinha nada a ver com eletromagnetismo. Com aqueles quatro olhos nem uma hidrelétrica poderia me ajudar.

Uma semana depois lá estava eu, comendo meu pão de batata, escondida no banco do térreo, os olhos vermelhos, congestionados, tentando se acostumar com as lentes de contato, as mais baratas, pagas em prestações a perder de vista.

Porém a determinação continuava firme, forte e destrambelhada: eu iria me imantar por atrito, daí esbarraria no meu amor e ele ficaria atraído por mim, assim, de uma maneira irresistível e fulminante.

Sabia o horário em que ele saía para almoçar. Minutos antes eu entraria no banheiro e lá dentro esfregaria todo o corpo com minha capa de náilon. O Enem estava fritando meu cérebro. Tudo bem.

Segundo o físico francês Charles Coulomb, "as forças de atração exercidas entre dois corpos carregados são inversamente proporcionais aos quadrados das distâncias", por isso calculei o trajeto mais curto para o "encontro". Era importante acontecer de frente, traçando uma linha reta, e com energia, porque "a intensidade do estímulo externo sobre um objeto é tanto maior quanto mais diretamente incidir sobre ele".

Quando eu saísse do banheiro ele estaria vindo na minha direção e nos esbarraríamos diante de um antúrio enorme, que nunca pegava sol ou chuva, coitado, e com certeza preferiria ser de plástico. Ali o meu amor sentiria o poder da força eletromagnética, teria um deslumbramento, a súbita exposição a uma fonte de atração muito forte: eu. O amor é uma ciência exata. Marquei o encontro para o dia seguinte.

Ao abrir a janela do meu quarto tive a ilusão de que o universo conspirava a meu favor. Chovia. Ninguém ia estranhar a capa de chuva. Depois descobri que o Paulo Coelho estava errado, o universo tinha mais o que fazer.

Tomei uma providência de última hora para aumentar a intensidade da atração, usando a Biologia: para excitar as células nervosas dos órgãos sensoriais do meu amor, escolhi uma camiseta *beeem* decotada.

Lá estava eu então, de olho no relógio, pernas depiladas, 20 unhas pintadas, duas sobrancelhas, lentes de contato, cabelos presos, toldos bem estendidos. Quinze para o meio-dia. Peguei minha capa de chuva, fui para o banheiro feminino, me tranquei numa das cabines, fiquei só de calcinha e comecei a esfregar o náilon no meu corpo. Primeiro as pernas, com força, depois a barriga, atrás e na frente, os braços, os peitos, o pescoço, e por fim o rosto, daí comecei tudo de novo. Eu tinha uns dez minutos.

Saí do banheiro me sentindo imantada. Meio-dia. Vi meu amor saindo da loja. Avancei confiante, assertiva, o eletromagnetismo nos atrairia naturalmente, começaríamos a conversar e eu o conquistaria com minha cultura e inteligência. Ele vinha olhando uma vitrine, distraído, meio de lado. Não me viu. O pé de antúrio foi testemunha. Horror! Horror! Enfiei a cara no ombro esquerdo dele, com toda a força, a lente de contato do meu olho direito pulou longe, ele pediu desculpa e seguiu em frente.

Me ajoelhei para encontrar a lente. Não tinha pagado nem a primeira prestação. O peso de todo o absurdo caiu nas minhas costas.

Um sujeito afastou as pessoas em volta e ajudou a procurar:

– Achei – ele disse, e a colocou na minha mão.

Voltei para a livraria, enxergando de um olho só. Inventei uma história triste para a Izete e fui embora. Fiquei vagando pelo térreo. Não havia sentido em mais nada. Em mais nada *mesmo*. Queria morrer. O Enem tinha me deixado maluca. De verdade. Chovia pra caramba. Eu era um caso perdido, uma *nerd* condenada à solidão, penetra expulsa da festa da vida, corcunda de Notre-Dame. Entrei no cinema. Lá dentro estava escuro como um útero. Tirei a outra lente para poder chorar. Aí é que eu não vi mesmo a porcaria do filme.

Quando terminou saí quase correndo, com medo de ser vista pela Izete, e acabei dando um encontrão num cara da minha idade, muito magro, cabelo espetado, com um livro grosso nas mãos.

– Desculpe – falei.

– Tá sem lente, né?

– Como você sabe?

– Fui eu que encontrei ela no chão.

Acho que eu ainda estava um pouco imantada. Engrenamos numa conversa animada sobre lentes de contato gelatinosas, marcas de soro fisiológico, a invasão cultural exercida pelo cinema americano e os reflexos sobre a identidade dos povos, os conceitos de apocalípticos e integrados do Umberto Eco, ele me contou um sonho sobre um cemitério onde as pessoas eram enterradas em garrafas porque depois de mortas ficavam líquidas e eu me assustei porque tinha tido um sonho muito parecido, e não paramos de falar.

Naquela noite ele me esperou na saída do cursinho com um livro de presente, disse que eu era muito inteligente, divertida, sensível, criativa, culta e maluquinha, e que não era um pão de batata, de jeito nenhum, nada a ver, pelo contrário, era muito bonita, devia soltar o cabelo, deixar de ser tão crítica comigo mesma, não seguir padrão nenhum, não querer ser "normal", talvez só fazer um pouco de dieta... E nos beijamos embaixo de uma árvore. As papilas gustativas da língua reconhecem cinco sabores: amargo, ácido, salgado, doce e *umami*. Minhas papilas reconheceram todos! *Umami* significa delicioso em japonês.

QUANTOS TIPOS DE
TRAIÇÃO EXISTEM?

O QUE MAIS DÓI É QUANDO
NOS SENTIMOS TRAÍDOS
POR QUEM AMAMOS, EM
QUEM TANTO CONFIAMOS...

SERÁ QUE É POSSÍVEL TRAIR
SE NÃO HÁ AMOR ENVOLVIDO?

E O QUE FAZER QUANDO
A TRAIÇÃO VEM DE NÓS?

...ARENINA
HAVIAM TEN
TADO CHAMA-
LA DE NINA,
MAS ELA SE
RECUSAVA A
ATENDER POR
QUALQUER
APELIDO. EN
CONTROU O EN
VELOPE AMA
RELO NO FUN
DO DE UMA

A HISTÓRIA DE CARENINA

LUIZ ANTONIO AGUIAR

A palavra
Ando querendo escrever poemas de amor.
De um amor tão forte e singelo,
que caiba numa única palavra.
... Mas para que reinventar a palavra Amor?

Despedidas...
Até parece que foi uma paixão desmedida...
Não existe carta de despedida.
Não existe presente de despedida.
Não existe beijo de despedida.
Porque não há carta sem a esperança de uma resposta.
Não há presente sem a ansiedade sobre como será recebido.
Não há beijo em que não esteja em jogo a troca.
Nem mesmo sei se o Adeus existe
ou se é somente uma encenação.
Para que serve o Adeus?
Não há palavras para dizer que acabou.
Se acabou,
quando acabou,
acabou.

Carenina (haviam tentado chamá-la de Nina, mas ela se recusava a atender por qualquer apelido) encontrou o envelope amarelo no fundo de uma gaveta, no armário do seu quarto. Não havia nada escrito na frente, mas via-se um traço, um traço sinuoso, que começava do nada e terminava em nada, feito com uma caneta preta. Uma onda. Um risco preto, de um negror fechado, grosso. Elegante, buscando seduzir, um passo de dança descrito sobre aquela face do envelope. Preto sobre amarelo; e, de alguma maneira, veio aos seus lábios a palavra: "Mamãe!". Que ela se apressou em corrigir: "Minha Mãe!".

De alguma maneira, sim, pressentiu a mãe. E lhe veio a presença da mãe. Diante dela – tão linda como uma noite, à beira de um cais, com as marolas acariciando as pilastras do píer, o murmúrio do encontro, uma noite de luar suave. Cabelos negros, compridos, sempre com vontade de se desfazerem, de se tornarem ornato, despencando pelas faces, pela nuca, pelos ombros.

Havia ainda a boca. Uma boca que se abria facilmente para palavras, sorrisos, risos, risadas e gargalhadas... e, assim imaginou sempre Carenina, para beijar.

Mas eram os olhos da mãe a sugestão mais forte naquele rosto. (... A mãe se chamava Catarina; e por isso sempre achara que fora ela que escolhera seu nome, para ficarem mais próximas – até as iniciais eram as mesmas: Catarina e Carenina...) Olhos como se fossem preciosas, silenciosas pedras marrons. Olhos castanhos. De um brilho roubado de alguma nebulosa longínqua, porque não era um brilho ofuscante. Era diáfano, penetrava em quem o contemplasse. Era assombrado. Uma escuridão que brilhava.

Ao tocar no papel rugoso do envelope – papel-linho –, e tendo a mãe lhe surgido ali no quarto, como um fantasma bom, carinhoso, amoroso, Carenina teve então a impressão de que a mãe, Catarina, deixara aquele envelope para ela, ali escondido no fundo da gaveta de seu armário. Com a confiança de que ela o encontraria, um dia, ou uma noite, e quando mais estivesse precisando. Aquele envelope deveria estar ali havia pelo menos três anos, aguardando por ela.

E era para ela. Somente ela poderia encontrá-lo – foi no que acreditou. E tinha de ser agora. Nem antes nem depois.

Senão, ora, quantas vezes já haviam feito faxina naquela gaveta naqueles três anos? E as inúmeras lidas diárias de guardar roupas ali, de tirar roupas dali? E só naquele final de tarde, quase noite, que o envelope se esticara mais um pouco, para que os dedos da menina o sentissem pela textura e o encontrassem.

A mãe era sempre uma saudade que Carenina não queria confessar a si mesma.

Porque tinha raiva da mãe. Sempre, também. Muita, muita raiva... Muita!

Mesmo assim, abriu o envelope. E o que havia nele eram algumas folhas de papel, o mesmo papel-linho, mais claro. Só na primeira havia alguma coisa escrita. Carenina arrepiou-se, eram poemas. A mãe escrevia poemas. E os escrevia à mão. Era a letra da mãe, Catarina, naquele traço de caneta-tinteiro, de um preto lustroso, tirado daquela mesma noite que a mãe irradiava.

Foi como se visse a mãe escrevendo aqueles poemas e os deixando ali para ela, antes de sair de casa, antes de sumir no mundo. E isso fazia três anos. E nem uma palavra lhe dissera, nada. De surpresa, uma manhã o pai estava na sala, sentado, arriado, olhando o teto, olhando o nada, e a mãe não ia mais voltar para casa. Então, a mãe, Catarina, arrumara uma mala, escolhendo as roupas mais essenciais, as que levaria consigo e as que deixaria para trás...

...(os armários dela foram esvaziados, uma semana depois, pelo pai, e tudo foi jogado fora, tudo o que a mãe deixara. E Carenina assistiu à cena toda, o pai fazendo aquilo, em silêncio, com gestos adormecidos, embolando coisas e roupas em sacolas, e depois tirando de casa, e Carenina, intimamente, concordando que era aquilo mesmo que tinha de acontecer e, portanto, também sem dizer nada)...

...e fez tudo aquilo, a mãe, Catarina...

E, agora, Carenina acabara de descobrir que ela também dobrara aquelas folhas de papel com poemas e os colocara dentro daquele envelope, cuidadosamente escolhido, para sua cor contrastar bem com o traço negro na frente, e ali depositou poemas que escrevera (para ela), os primeiros que reencontrava em casa depois da partida da mãe... E reconhecera de imediato não somente a caligrafia da mãe, assim como o perfume dela exalando de dentro do envelope, mas também a presença, ainda, dela, naqueles poemas...

...então a mãe fizera tudo isso, tomara todas essas providências, e deixara ali para ela aquele envelope, com poemas. Poemas de amor. E, no mais, páginas em branco.

Fizera tudo isso, só não fizera se despedir dela, sua pequena, amorosa Carenina.

Na primeira página, havia aqueles dois poemas. Com títulos. Dezoito versos. Do tipo de poemas, ela lembrava, que a mãe escrevia, muito soltos, dançantes, ansiosos por buscar alguma coisa, como se o mundo fosse espuma de sabão, soprada não se sabe como nem por quem, e estivesse sempre tudo no ar, flutuando, a passar, a passar... E Catarina os lia, sussurrava para ela, e as duas se abraçavam e riam. Carenina muitas vezes não entendia o poema, mas, mesmo assim, abraçada à mãe, rindo, as duas, nada faltava a entender.

Não precisava entender. Sabia que eram poemas de amor.

Dois poemas. Um de começo, ou de antes do começo. Outro de fim, ou de depois do fim. Poemas de amor. Entre um poema e outro, havia uma história que Carenina (não tinha certeza se existia) não conhecia. Uma história que Catarina foi embora de casa sem contar para sua Carenina. A história que ficou faltando. Que talvez fosse a história de Catarina.

"Engraçado esses poemas aparecerem logo agora", pensou Carenina. "Logo agora!"

Apertou o celular no bolso do jeans. Tivera a impressão de que o aparelho soltara o breve apito, avisando que chegara uma mensagem. Fora só impressão. Vivia tendo essa impressão agora. Vivia sobressaltada, achando que ele, o garoto, aquele garoto, a alcançara, mais uma vez. Assim como vivia com medo de que o toque, curto demais, enganador, não voltasse a soar. Queria que tocasse, não queria atender, queria que tocasse, não queria...

"Some, cara!", ela dizia a si mesma. "Faz um bem ao mundo, que não tá precisando de mais gente doida por aí. Desaparece...! Você tá zumbi de saber que eu tenho namorado." E nem respondia quando ele ligava. Mas havia horas que se pegava pensando no que ele escrevia para ela: "De onde esse garoto tira essas coisas? Só se estiver copiando de algum poeta...", nas mensagens que ele mandava para ela... "Para com isso! Que peso! É, não pesa na minha vida! Fora! Apaixonado, apaixonado... Só fica repetindo que está apaixonado... Ridículo!" É o que devia (assim ela pensava) responder para ele: "*RIDÍCULO!!!*" Letras garrafais. Muitas exclamações!

Mas não respondia nada. Não respondia.

Mesmo assim, sentia o garoto, Victor, o nome dele era Victor, como se ele estivesse vasculhando suas páginas nas redes e seguindo cada linha e o rastro que ela deixava lá, em busca de mensagens para ele. Que não existiam. Como se a estivesse acompanhando, em pensamentos, pensando nela, sem parar. Ela o sentia assim. Sentia.

E agora essa lacuna, essa história entre os dois poemas que não conhecia. Mais essa! Mais peso! Mais e mais...

E tudo o que ela queria – dizia isso toda manhã – era sorrir. "Bora viver! Bora!"

"Ela vivia apaixonada. Sempre apaixonada. Por muitas coisas. Sempre apaixonada. Sua mulher não conseguia existir sem paixão."

Quem dissera aquilo? Fazia dois anos?... Uma irmã do pai. Almoço de família. Risoto de frango ao forno, almoço delicioso. Pelo menos os parentes do pai cozinhavam bem. Muito bem. A tia dissera aquilo com desdém, como se fosse uma coisa ruim, entortando a boca. E como podia conhecer Catarina tão categoricamente, aquela estranha, e ela, Carenina, a menina que era toda, toda de Catarina, não conhecer nada?... E agora somente aqueles dois poemas sem nexo... Como? Mas teve esse papo. E o pai escutou calado de repente olhou pro lado, e ela estava, Carenina, lá, olhando para eles, de olhos arregalados. E ele agarrou o braço da filha e se despediu depressa. "Melhor", pensou a garota. "Tava muito chato ali dentro depois de terem almoçado. Todo mundo com sono...! Já iam ligar a TV. Melhor. Só fui porque meu pai pediu, mas melhor sair logo, papo chato, papo chato, nada, nada...!"

Ficaram as palavras da tia como um retrato. Não havia retratos da mãe em casa. Mas ela não precisava de retratos. Lembrava traço por traço daquela mulher bonita.

Dois poemas.

No elevador, conversaram. Aquela única vez. O pai disse alguma coisa do tipo: "Esquece, tá?"... Daí, ela: "Esquecer, como? Endoidou?"... Daí, ele: "Ela... era uma ótima pessoa..."... Daí, ela: "Ela se apaixonou por alguém, foi isso?"... (Entre o primeiro e o segundo poema; ela acabara de descobrir.) O pai calado... "Ela está vivendo com...?"... Daí, ele: "Não. Não deu certo. Mesmo assim, ela resolveu partir". Daí, ela: "Mas você não pediu pra ela ficar?". Daí, ele: "Pedi." Daí, ela: "E daí?"... Com os olhos úmidos, fervendo... Daí, ele: "Ela não quis".

Carenina exausta. Assentiu com a cabeça, um gesto lento, doloroso. E fez força para seguir o conselho do pai, esquecer as afirmações (acusações?) da tia, mesmo achando loucura, mas esqueceu. Quase. Até se pegar ali, com o envelope, os poemas da mãe, repetindo o mesmo gesto com a cabeça baixando devagar, dolorosamente, vendo a mesma cena, de novo. Sentiu os olhos arderem. De novo. E a garganta apertar.

E então o celular soou, e agora de verdade, no bolso dela. Era uma mensagem. E Carenina sabia que era dele. Victor. Carenina não tirou o aparelhinho do bolso.

"O que esse garoto tá pensando? Até parece... O que ele acha? Que só porque escreve umas coisas, vai... Vai o quê? Vai acontecer... o quê? Igual à minha mãe... Me dá esse nome, que mais parece o dela com erro de digitação, e some no mundo... Me larga! Me deixa uns poemas e some no mundo... Quero mais é que todo mundo... !"

Arriou no chão, soluçando. Com os papéis ainda na mão, o envelope, os poemas, o celular agora pirado, soltando um bipe depois do outro, era Victor, na certa, mandando uma mensagem atrás da outra, e mais uma, mais uma...

– Para! – ela exclamou.

Acontece que... Só de ficar tão perturbada com as mensagens do carinha...

Só isso já era sujeira com o namorado.

"Peraí, não exagera!"

Nunca tinham saído, ela e Victor. Nunca tinham se falado. Tinham se visto duas ou três vezes, no clube. Ela, admirando... de passagem... ele, goleiro... na escola de futebol do clube... Sabe que ele tomara um frangaço por causa dela. Sabe que ele olhou para ela passando, quando devia estar olhando era para a bola. Sabe que ele só percebeu que havia engolido o frango não por causa dos berros do time dele reclamando, xingando, mas... pelo risinho que ela deu para ele. De passagem. E ele estirado no chão, vencido, a bola rodopiando ainda, junto do pé da rede, no fundo do gol. Ela passando e rindo. Ele olhando para ela. Para ela, para ela e para ela.

E daí começaram as mensagens.

"Isso, só isso. Vou achar que tô enganando meu namorado só porque um doido resolveu me passar mensagens? Eu nem respondo. Nem..."

Mas se perturba, tem uma voz dizendo. Só essa de ficar confusa, já é... sujeira com ele, sabia? Se não é enganar o seu namorado, então conta pra ele...! Vai, conta! Conta...?

Não tem coragem. Não conta... Não conta que esse cara te escreve coisas, que ele escreveu que queria te abraçar muito e muito... Não conta, conta? Conta que você quase... Quase quis sair com ele, como ele pedia. Conta que você lia, não respondia, mas quase... respondia... Conta que você ficou tão, tão feliz com algumas das besteiras que ele escreveu para você... Ridículo! Apaixonado! Mas que coisa, que peso... Ridículo!... Tão feliz que você quase... Não teve nada! Nunca se encontraram, nunca se falaram, olho no olho, sentindo o cheiro um do outro, nem imaginando o calor do outro... Só à distância. Nem isso. Nunca e nunca!

Peraí!

Se... eu sinto que tô enganando meu namorado porque estou fingindo que... acho que não é nada? Mas... Claro que é!... É?

Carenina, você tá enganando quem mesmo? Teu namorado ou você? Hem? Bobona! Idiota, sua...! Que raiva!

Ela soluçando, sentada no chão, segurando as folhas de papel. A mensagem da mãe, deixada para ela. A história com o começo, ou o antes do começo, e o fim, ou o depois do fim, escritos, e nada entre uma coisa e outra, nada de história. E aquele celular estalando, estalando. E ela nem repara que, na irritação, seus pensamentos ganham voz. Voz alta:

– Nem pensar, não vou atender! Ele vai saber que eu não estou recebendo nada, nada. Que minha história vai ser minha, só minha. Vai... Me larga. Fora, garoto! Que paixão que nada!

Ele se chama Victor. Escreve coisas que fazem a cabeça dela girar e murmurar (em pensamentos mudos, agora):

"Sonho Bom...

E deixa isso. Deixa pra lá! Chega disso! Chega!"

– Você... sumiu, mãe! Me traiu! Você é que traiu. Me traiu! Me largou! O que eu tenho a ver com seus rolos com meu pai? O que eu tinha a ver? Nosso lance era nosso, mãe. Por quê? Não precisava sumir sem mim. Achava que eu não podia entender... o quê? O que tem pra eu entender? O que você nunca me contou...? Odeio você, mãe! Odeio! Odeio este nome que você pôs em mim. Tinha de ser Carolina, Célia, Cecília... Por que Carenina? Nome russo, e daí? (Vem do grego, *Graciosa*, sempre achei isso lindo... Mas e daí?)... Você... amava o tal romance, e daí? E eu com isso? Me passou um vírus por causa disso. Uma maldição, de mulher para mulher. Uma... porcaria, esse romance que você amou tanto, viu? Amou mais um romance do que sua filha, doida, mulher doida, e, pra fazer elogio ao romance, deu um nome amaldiçoado desses à sua filha. Eu fui ver a história, a Karenina de lá sofre, sofre... Eu não! Pra mim, não! Eu quero a MINHA história! Como pôde arrumar esse nome? E me largar?... Com esse nome, só pra mim, o nome que você me deu... Como? Que peso! Pra quê? Te odeio! Covarde! Doida! Sabe o que aconteceu? Você não servia pra ser mãe! É isso! Muita poesia e nada de ser mãe. É isso, né? Não servia para ser *minha* mãe, sua... Apaixonada, ora... Apaixonada!

No final, cansada. Exausta. Ofegante. Daí, aos poucos se acalma. E não largara as folhas de papel.

A tarde quase afundando no céu. Ela suspira, respira...

Tira o celular do bolso e, ainda sem ver as mensagens, liga.

– Pai!... Não, não aconteceu nada. Você tem o endereço da minha mãe, não tem?... Pai, ainda tá aí? Não desmaia, tá? Eu quero o endereço da minha mãe. Não acredito que você não tenha... Para escrever pra ela... Para perguntar coisas... Coisas! Entre o antes do começo e o depois do fim... Pai, por favor. Explicar, não dá. Não consigo... Não, não serve *e-mail*... Coisas. Não sei dizer mais do que isso... Coisas. E pedir para ela vir me ver... Tá, sei... Você tentou conversar com ela, e daí?... Hum... Tá... Dane-se! Não me interessa se ela não quer, se ela... pai! Se ela não vier me ver, eu vou lá!... Tá, então... Hoje de noite você explica tudo o que tiver pra explicar, mas agora me dá o endereço, tá?... É, tem razão, não sei por que não explicou até hoje, bobeira... E daí que ela não queria?... Sim, complicada... Imatura? Irre... Irresponsável? Calma, pai. Ficar nervoso não vai adiantar agora. É... Vou, sim! Se ela não vier, apareço eu lá... JURO!... E daí, se ela diz que não tem como me dizer... essas coisas... Mas que coisas?... Nada? Como assim não sabe como?... Como assim, também não entende?... Vai ter de arrumar um jeito, ora!... Como? Você acha que... ela não tem nada a me dizer? Não acredito. Ela vai ter de dizer isso então. Pra mim! Na minha cara... Pai, não adianta me falar tudo isso depois de tanto tempo, adianta?... Calma, pai. Calma, se controla... Sei, medo, você tem... medo... de eu me magoar? Já estou triste, pai. Vocês fizeram a lambança, agora... Sim, vocês dois. Mas você pode ajudar a consertar... Sim, triste. Muito triste... Não "tô inventando nada", pai, não é assim de repente... Não, não "vai passar". Não... tá, deixa eu correr o risco... me arrepender... correr o risco, tá? Se ela não tem coragem, não teve, dane-se... nem você!... É, nem você... Mas, eu tenho! Eu... preciso. Muito, pai! Eu preciso! Pai... Pai!... Chega! Eu quero ver de novo a minha mãe. Me dá?... O endereço. Me dá?

Ele fala, ela puxa uma caneta, anota numa das folhas.

Depois, ela manda um beijo para o pai. Desliga.

E naquelas folhas mesmo começa escrever a carta. De Carenina para Catarina. E começa assim: "Esta é a História de Carenina, uma garota que quer muito ver de novo sua mãe. Que precisa ver você, Mãe!"

QUEM É REALMENTE
IMPORTANTE NA SUA VIDA?

RARAMENTE PENSAMOS
NISSO E MUITAS VEZES
NÃO DEMONSTRAMOS
NOSSO AFETO ÀS PESSOAS
QUERIDAS. AFINAL, ELAS
ESTÃO SEMPRE POR PERTO...

VOCÊ JÁ PAROU PARA AVALIAR A
IMPORTÂNCIA DE QUEM FAZ PARTE
DA SUA HISTÓRIA?

COMO A LUZ
JOÃO ANZANELLO CARRASCOZA

As horas vividas estão todas lá, prensadas naquele escuro, e não retornam à luz nunca mais, se o presente não as chamar. Então, o meu tempo de convivência com o tio – eu adolescente, ele já nos 50 –, de súbito, emergiu das trevas quando a mãe, pelo telefone, me informou, apreensiva, *ele está muito doente...*

O rosto do tio relampejou de uma só vez na minha lembrança e, em seguida, suas mãos – suas mãos tão pacientes quanto ele diante dos objetos quebrados, que, graças a seus reparos, retornavam ao uso. E, antes de a mãe mencionar o que ele tinha, eu disse *não há de ser nada*, como se as minhas palavras, uma vez pronunciadas, tivessem o poder de lhe restituir a saúde.

O tio, o tio me encantava com os seus feitos, ele sabia lidar com as coisas, ele as convencia em silêncio a se juntarem a outras, o fio ao interruptor, a borracha à torneira, a solda ao circuito. Por sua perícia, o ferro se deixava moldar – o tio cortava parafusos com facilidade, desentortava arruelas, inventava peças, industrioso e transformador. Quando ele abria a sua caixa de ferramentas, os objetos, no chão, sem esperança, logo iam encontrando seu devido lugar, voltando a mover a máquina de onde haviam se soltado.

Vazamento na pia, cabo novo nas panelas, cabides para a porta do banheiro, tacos mal colados no assoalho, corda de varal frouxa, não havia pequeno conserto que o tio não fizesse, a gente notava o seu contentamento diante do desafio – o tio, às vezes ajoelhado, em meio a parafusos e chave de fenda, parecia pedir ao Universo aquelas coisas com defeito para, humildemente, recuperá-las.

Mas a que o tio mais se dedicava não era o manuseio do martelo e do serrote, nem os reparos na rede de água, tampouco a produção de canecas com latas de óleo; o tio aumentava de alegria quando deparava com algum problema elétrico: interruptor, tomada, lustre, chuveiro, fosse o que fosse, lá ia ele com seus apetrechos, duplamente motivado, para lhes devolver a vida.

Lembro de uma manhã em que ele veio visitar a mãe e, pela janela da sala, viu um abajur deixado pelo vizinho na rua, junto ao saco de lixo. O tio foi até lá e o recolheu, para minha surpresa e da mãe, que perguntou, *o que você vai fazer com isso?*, e ele, *vou consertar*, e a mãe, *mas isso não tem conserto*, e o tio, *tem sim, você vai ver...* A mãe demorou para ver, mas eu não. Eu fui à casa do tio no dia seguinte e vi quando ele ressuscitou aquele abajur. O tio já havia lixado a base de madeira e pintado de branco. Trocara o fio carcomido por um novo e adaptara um interruptor de cordão. Quando cheguei, estava colocando uma cúpula sobre a base. *Que tal?*, ele me perguntou. Meus olhos responderam, grandes de espanto. O tio pegou uma lâmpada--vela e encaixou no bocal. Com muita delicadeza, puxou o cordão – e a luz se fez!

Mas se era preciso paciência e talento para consertar coisas que, aos olhos dos outros, não tinham mais utilidade, com o tio aprendi também que, em certos casos, não há mesmo remendo. Lembro de uma tarde em que eu, ao entrar em casa correndo, derrubei a luminária da sala, que se quebrou. Pensei que fosse a lâmpada, troquei-a, mas o defeito continuou. Levei-a, então, para o tio, convicto de que ele a recuperaria. Mas, mal examinou a peça, ele disse *não tem mais conserto...* Eu não percebia grande dano na luminária, apenas um amassado na haste, embora soubesse que algo nela havia se rompido. Por isso, insisti. O tio me olhou bem fundo, *não tem mais conserto*, repetiu ele, de cujas mãos eu vira tantas vezes a luz nascer, para meu fascínio.

A voz da mãe, ao telefone, distante, me pergunta *você está me ouvindo?*, e eu não consigo responder, eu só vejo o tio à minha frente, com aquela luminária nas mãos – tudo o mais, ao meu redor, se apaga.

A SENSAÇÃO DE QUE FIZEMOS TUDO ERRADO E PREJUDICAMOS ALGUÉM É TERRÍVEL...

PIOR AINDA DEPOIS, QUANDO PARECE IMPOSSÍVEL CONSERTAR.

ISSO ACONTECE MUITO NA ADOLESCÊNCIA. ATÉ DEMAIS!

SERÁ QUE ADULTO TAMBÉM SE SENTE ASSIM?

NA SALA DE
AULA, ERA
QUIETA. SUA
VE... TINHA UM
JEITO FRÁGIL,
DELICADO.
NOS PRIMEI
ROS DIAS, NÃO
REVELOU O
SORRISO MUI
TAS VEZES,
NÃO PARTI
CIPOU DA RA

RÁPIDO DEMAIS
SHIRLEY SOUZA

Na sala de aula, era quieta, suave... Tinha um jeito frágil, delicado. Nos primeiros dias, não revelou o sorriso muitas vezes, não participou da bagunça, não se encaixou no grupo.

É difícil chegar em uma turma unida há tanto tempo.

O estranhamento é inevitável, até mesmo se o novato for extrovertido, interessante, incomum. Ela era comum, uma garota tranquila que não parecia disposta a conquistar um espaço naquele grupo. Simplesmente esperava ser aceita.

Olhando de fora, a conclusão era óbvia: não ia dar certo.

Carol tinha vindo do interior de Minas Gerais para a capital de São Paulo. Saíra da calmaria de uma cidade pequena, chegara à efervescência paulistana caindo no 8º C do Ercílio da Cunha – a turma mais agitada do colégio, a classe onde tudo acontecia: brigas, festas, amizades eternas, grupo de dança, galera do *rap*, do *funk*, do *rock*, excursões turbulentas, problemas, reclamações, indisciplina... Uma turma unida desde o 6º ano, que se fortalecera ao longo do tempo e se comportava como um bloco de peças coladas.

Poucos professores conseguiam conquistar a confiança do grupo, menos ainda tinham o envolvimento dos alunos, quase nenhum entrava de bom humor para dar uma aula no 8º C. E Carol foi parar justamente ali.

Impossível saber o que passava na mente dela só de vê-la em meio aos novos colegas, sentada no canto, sob a janela, sempre de olhos espertos e com os ombros contraídos, como se temesse que a atenção recaísse sobre si em algum instante e isso pudesse doer, atingindo-a como um soco no estômago.

Não dava para decifrar o que sentia, se estava assustada, acuada, se gostava ou desgostava, o quanto era frágil de fato ou apenas aparentava ser...

Pelo seu perfil na internet, Carol revelava um pouco mais: menos retraída, menos temerosa, expunha seus pensamentos e suas emoções. Antes de conquistar a amizade dos colegas de sala, foi aceita por eles na rede social. E, ali, Carol mostrava, sem receio, que ainda tinha muito de menina, pouco de adolescente, nada de mulher...

Desenhos coloridos e fotos de filhotes diversos ilustravam sua página, ao lado de mensagens ingênuas, brincadeiras, artistas idolatrados, correntes, nada parecido com o restante da turma, que há tempos, em seus perfis, trazia uma profusão de *selfies*, declarações de amor, *posts* bem-humorados, provocativos e repletos de malícia, uma explosão adolescente em que os hormônios ditavam as regras.

Foi ali mesmo, no virtual, que Carol permitiu transparecer sua transformação, sua ânsia intensa por se encaixar, por deixar de ser o que era. Um fervor que contrastava com a quietude e o recolhimento demonstrados na sala de aula.

Acompanhando seu mundo virtual, foi possível ver o que não estava aparente no dia a dia.

Rápido demais, Carol deixou de ser menina.

Rápido demais, Carol tornou-se adolescente. Quase mulher.

Rápido demais...

As imagens de filhotes sumiram de seu perfil. Os desenhos coloridos deixaram de ser compartilhados. As mensagens ingênuas foram deletadas.

Fotos de meninos, cantores e atores povoaram sua página, muitos sem camisa, todos com olhar sedutor e fala provocativa. Músicas curtidas pelos colegas foram compartilhadas, mesmo que trouxessem mensagens conflitantes entre si. *Posts* repletos de atitude e opinião encheram seu mural e ela tornou-se virtualmente uma Carol muito diferente daquela que parecia ser quando chegara ao 8º C.

A transformação não era verdadeira, estava mais para um esforço intenso de aproximação, e a etapa durou pouco. Quinze, vinte dias, talvez, antes da reviravolta seguinte. Lembrava uma mudança de fase em um *game*, no qual Carol evoluía, se equipava para um novo desafio.

Na sala de aula permanecia o sorriso raro, o olhar atento e o jeito de quem quer se refugiar... Ou se encaixar? Mas toda essa mudança também começou a transparecer ali. Quem a observasse atentamente perceberia os cabelos que se soltaram do rabo de cavalo, o batom que passou a colorir os lábios.

A nova fase do *game* começou e clipes de músicas com letras sensuais invadiram o perfil de Carol com entusiasmo, mesmo que ela não tivesse nada a ver com aquilo, mesmo que não combinasse com as imagens de meninas descendo até o chão, com as mensagens que revelavam sua vontade de experimentar a vida, de provar que não era uma criança, apesar de parecer.

O encaixe virtual estava aparentemente perfeito e, no mundo real, ela começava a encontrar seu lugar. Passou a se sentar mais para o fundo da classe, no meio dos colegas. As tarefas escolares deixaram de ser entregues. A atenção antes dedicada às aulas agora se concentrava no grupo de amigos. Os olhos ganharam um contorno pesado e o sorriso raro foi substituído por gargalhadas que despertavam a atenção de alguns e atraíam o olhar de estranhamento de outros. Era evidente que Carol não tinha sido aceita por todos e ela parecia saber disso porque seus ombros continuavam iguais, contraídos, como se esperasse algo desabar sobre si a qualquer momento. Talvez tivesse consciência de que nada daquilo era real.

Alguns colegas começaram a ser frequentes nos comentários de seus *posts*, interessados naquela nova Carol, inquietante Carol...

Sempre os mesmos. A maioria da turma mantinha-se distante, mas era certo que todos acompanhavam o que a novata fazia.

Se em sala de aula Carol não forçava uma maior aproximação, na internet arriscava mais. Buscava novas formas de provocar, chamar a atenção para si. O jeitinho de menina era quase imperceptível pouco mais de dois meses após sua chegada. As *selfies* que recheavam seu perfil vinham cada vez mais sensuais e buscando a aprovação de todos. Rápido demais.

Nenhuma transformação verdadeira acontece assim. Nenhuma transformação verdadeira é tão imediata e indolor. A lagarta precisa do tempo certo para deixar o casulo como borboleta. Carol parecia ignorar que esse tempo é essencial e mostrava-se disposta a desafiar o ciclo natural. Ela não foi a primeira garota a passar por isso, nem a última. Muitas queimam etapas, crescem rápido demais, por escolha própria ou por necessidade, e nem por isso tudo dá errado.

Acontece que, com Carol, deu errado.

Foi depois de um final de semana prolongado que ela postou a foto. De biquíni, sorrindo, na areia da praia. A água do mar a seus pés. Os cabelos esvoaçantes, os ombros retraídos. A foto da menina seminua revelava um corpo infantil, ainda longe de ganhar as curvas femininas, parado no tempo em que ela era a garota ingênua que chegara ao 8º C. Um corpo que parecia não ter-se dado conta de toda a transformação que Carol se impusera, que não tinha acompanhado o ritmo e insistia em não sair do casulo.

Tô *bunita*?, ela perguntava.

Gata, dizia o primeiro comentário.

Gostosa, elogiava o segundo.

Linda, amiga ☺!, incentivava o terceiro.

Baleia!, provocava o quarto.

Ridícula!, concluía o seguinte.

E os demais acompanhavam o clima agressivo. Agora, todos os colegas de classe decidiram comentar um *post* de Carol e deixar bem clara a verdade: ela não tinha sido aceita. Não era do grupo. Expôs-se demais, arriscou-se demais, rápido demais.

Era como a gota-d'água que faltava para o balde transbordar. Os que apoiavam Carol eram poucos. A maioria do 8º C, como sempre, agia unida.

Não adiantou remover o *post*. Muitos o compartilharam, e montagens cruéis não paravam de aparecer e atrair a atenção e os comentários de toda a turma.

Algumas provocações eram postadas abertas, nada de chocante, tudo com ares de brincadeira. Eles não são estúpidos. Os conteúdos mais pesados, os xingamentos mais agressivos circulavam apenas entre a turma, longe do olhar de qualquer adulto que pudesse acompanhar ou intervir.

Por isso não fiz nada, mesmo sabendo que devia fazer. Não encontrei um caminho para agir. Congelei.

Acompanho essa turma desde o 6º ano. Vi os laços se fortalecerem e fui aceito por eles desde sempre. Nunca compartilhei o sentimento de alguns colegas de que essa era a turma-problema do colégio. Entendi que tinham um jeito próprio de se comunicar, de interagir, de ser. Construí uma relação de confiança, jogando limpo com eles. Sentia orgulho disso. As aulas de Literatura sempre foram o espaço para que se manifestassem, se revelassem, transformassem em prosa ou verso o que sentiam, pensavam, sonhavam. As músicas são companheiras de minhas aulas e com esses alunos elas tinham mais força, mais vida. Toda a turma do 8° C me adicionou na rede social porque quis e também lá mantivemos um diálogo aberto, um papo reto, como eles dizem... E eu me orgulhava disso.

Se tudo o que fizeram com Carol tivesse sido escancarado ao mundo adulto, do qual faço parte, seria fácil conversar com eles, questionar, mostrar que tomaram o caminho errado, que se embaraçaram nos fios da opressão, da agressão, da humilhação.

Mas não. Agiram no mundo só deles, e tomar uma atitude, dizer que eu sabia o que estava acontecendo, seria o mesmo que assumir que traí a confiança deles, a confiança que construímos nos anos anteriores e que eles valorizavam... Que eu valorizava.

Intervir em defesa de Carol seria assumir que não joguei limpo... que errei feio. Seria arriscar um relacionamento que talvez não devesse existir.

Sempre soube que, como professor, não teria acesso à realidade completa deles. Nem ali, na sala de aula, nem no mundo virtual. Já fui adolescente, estive sentado em uma carteira assim como eles, fazendo parte de uma galera, sei bem que há limites intransponíveis aos adultos.

Foi por isso que criei o LucaDJ#, um perfil falso, de um jovem de 17 anos que teria sido aluno meu em outra escola. E o LucaDJ sim, logo foi aceito, conquistou a confiança de todos e tinha livre circulação nesse universo adolescente, mesmo não sendo quem eles pensavam...

Quando montei o perfil imaginava que seria útil acompanhar o que eles faziam longe dos olhos adultos, acreditava que eu poderia intervir se algo tomasse um caminho errado, que seria capaz de evitar sei lá o quê... Mas nada é simples.

Na prática, confirmei o quanto é fácil se passar por outra pessoa nesse mundo virtual, tive acesso a um lado mais direto e verdadeiro deles, no qual as brincadeiras rolavam soltas, os comentários sobre os feitos de cada um eram escritos sem filtros, nada preocupante, tudo muito típico de quem deixa de ser criança, mas ainda não é adulto. LucaDJ# serviu para que eu me divertisse e conhecesse melhor cada um desses jovens, meus alunos. Em nenhum momento julguei o que estava fazendo e, talvez, tenha sido aí que cometi meu maior erro...

Por conhecê-los, desde o início senti que Carol não se encaixaria. Ainda assim, não imaginei que pudessem repeli-la com tanta força. O *bullying* contra Carol explodiu como uma bomba. Revelar que eu sabia de tudo poderia significar que a aluna nova havia reclamado – o que complicaria a situação –, ou que existia um traidor entre eles... E esse traidor era eu.

Dilema besta, eu sei.

Eu, um adulto, supostamente experiente, que achava que poderia controlar qualquer situação de conflito, me vi perdido e imaturo.

Travei.

A verdade foi essa. Não sabia como agir.

Na sala de aula, Carol voltou a se sentar sob a janela. Nada agressivo acontecia de fato ali, na minha frente. Os comentários sussurrados e os risinhos eram frequentes, e eu sabia do que se tratavam, mas não fazia ideia de como mostrar isso a eles.

Nenhum de seus defensores virtuais colocou-se a seu lado ali na classe. A turma voltava a agir como peças inseparáveis, grudadas por cola. Apenas Carol estava solta, descolada.

Por dias me vi como alguns de meus colegas, sem qualquer vontade de entrar naquela sala de aula, de passar 50 minutos com o 8° C. Desejava com todas as minhas forças que a turma resolvesse por si só aquela situação. Pensei em me abrir com outro professor, mas desisti porque com certeza seria recriminado. Um perfil falso, de um adolescente, é muito suspeito. Ainda que meu propósito ao criá-lo tenha sido diagnosticar uma realidade exatamente como essa, saber de tudo não serviu para nada quando de fato a situação se concretizou. Eu percebi que não existia uma solução pronta, fácil, que não era simples mantê-los seguros...

Carol deletou seu perfil na rede social.

Os cabelos voltaram à sua prisão no rabo de cavalo.

Os olhos e os lábios se descoloriram.

O sorriso raro tornou-se ausente.

Os ombros não estavam mais encolhidos. De que adiantaria agora? O ataque já a atingira. Proteger-se do quê?

Os dias seguiram seu ritmo normal, e eu sentia que agora eram meus ombros que se retraíam na covardia.

Tentava me convencer de que tudo passaria.

Mas, com o perfil deletado, as agressões ganharam o mundo concreto e chegaram à sala de aula. Outros professores comentaram o caso na reunião de conselho, no final do semestre. Mais uma situação de *bullying* no colégio... Avaliaram que algo assim tinha demorado a acontecer no problemático 8º C. Era de se esperar...

Mudar Carol de turma? Parecia um caminho.

Fazer uma campanha de conscientização? Com certeza. Assim que as aulas fossem retomadas em agosto.

Por enquanto, podíamos planejar, como adultos que éramos, planejar como educar e conscientizar garotos inconsequentes.

Com Carol ausente no mundo virtual e com as férias afastando-a do convívio do 8º C, as agressões cessaram e eles voltaram a ser a turma que eu conhecia na internet, com as mesmas brincadeiras, confissões de amor, disputas por atenção em *selfies* cheios de pose. Mas eu não conseguia esquecer e deixar o problema para trás, esperar as férias acabarem para conversar com eles e tentar consertar o que quebrou.

Pensei em Carol algumas vezes durante o mês de julho, tentando me convencer de que ela estaria bem e em agosto o problema seria resolvido. Não funcionou. Sentia-me angustiado, cada vez mais.

Deletei meu perfil de LucaDJ# na última semana das férias e enviei uma mensagem para todos os alunos do 8º C, precisávamos ter um papo reto no primeiro dia de aula.

Não senti alívio algum fazendo isso, e as mensagens que recebi de todos perguntando o que tinha acontecido, querendo saber qual era a encrenca ou se a notícia era boa, só me fizeram ficar mais ansioso. A certeza de que era urgente, de que eu já havia esperado tempo demais, tomou conta até do meu sono.

Finalmente, as aulas recomeçaram, mas Carol não voltou.

Recebi o aviso na sala dos professores, antes de iniciar as aulas do dia: fora transferida para outra escola. Eu me senti um verme. Podia ter feito algo para evitar, não podia? Devia ter feito alguma coisa antes, não devia?

Como será que a Carol estava? O que aconteceria a ela?

Ficaria tudo bem. Sempre fica.

Será?

Quando entrei no 8º C, fui direto ao assunto. Primeiro, contei sobre meu perfil falso e o que me levou a criar o LucaDJ#. Alguns se divertiram com a situação, outros garantiram que já desconfiavam, mas a maioria deixou claro que achava uma trairagem, atitude digna de adultos que tentam monitorar o tempo todo, que julgam, e não de um sujeito que consideravam amigo. A discussão esquentou, mas consegui mostrar a eles que, por conta do LucaDJ#, eu tinha acompanhado o que acontecera a Carol e, assim como eles, deixei tudo acontecer, também era culpado. Penso que foi aí que a conversa mudou.

Ao falar isso, eu percebi que fazia parte de todo o *bullying*. Não ataquei, mas assisti. Não fiz nada para evitar. Talvez eles tenham notado isso também porque não me trataram como o sujeito que veio dar sermão. Conversamos muito... As duas aulas passaram voando e a sinceridade foi a única regra. Cada um expôs o que pensava, sentia... Tanto sobre o que aconteceu quanto por que aconteceu... Não havia inocentes naquela história, fosse atacando ou assistindo, a turma inteira estava envolvida. Alguns não viam Carol como vítima, defendiam que ela havia provocado, aberto muito as asas, invadido a área sem esperar ser convidada, havia folgado demais. A maioria concordava que o ataque tinha sido pesado. Nada justificava aquilo. Exageraram. Alguém perguntou se eu tinha notícias da Carol. A sensação de uma coisa entalada na garganta, mesmo depois de tanta conversa, ficou ali, estampada no rosto de todos. Era algo que fizeram juntos, que não era bom de lembrar e não dava para apagar... Não dava para remover como um *post*.

Carol passou pelo 8º C por apenas quatro meses. Depois de nossa conversa, é provável que vários desses garotos se lembrarão dela daqui a alguns anos, com certo desconforto. Talvez poucos se recordem da menina quando deixarem a adolescência no passado e isso tudo tornar-se nebuloso, como uma memória ruim que deve ficar para trás.

Por outro lado, é bem possível que Carol não se esqueça do 8º C.

Probabilidades...

O que é certo é que eu sempre me lembrarei da menina que rápido demais se fez quase mulher e rápido demais descobriu que mudar não era tão simples, que tentar se encaixar em uma nova realidade nunca é indolor.

Carol não vai saber o quanto me ensinou, o quanto escancarou minha insegurança, o quanto deixou claro que não tenho o controle de nada, que não sou tão hábil quanto imagino, nem tão adulto. Afinal, quem é?

Ela evidenciou que muito do adolescente que fui continua vivo dentro de mim, também buscando se encaixar, ser aceito em um grupo que não é o meu. E tudo foi tão rápido. Rápido demais.

REPREENSÃO DOS PAIS, DISCUSSÃO, IMPOSIÇÃO DE LIMITES... É O QUE NORMALMENTE ACONTECE QUANDO UM FILHO NÃO AGE COMO O ESPERADO.

MAS E SE FOR O ADULTO QUEM SE COMPORTA DE FORMA IRRESPONSÁVEL?

QUEM CUIDA DE QUEM? O QUE SENTEM OS ENVOLVIDOS?

ESSE MEU
FILHO, TAM
BÉM. SÓ INVEN
TA DE FAZER
ANIVERSÁRIO
NAS BRASAS
DE FEVEREIRO.
NÃO AGUEN
TO MAIS ESSE
CHARCO DE
CALOR POR
CIMA DE MIM,
TOMAR BEL

FESTA DE ANIVERSÁRIO

MENALTON BRAFF

Alzira

Esse meu filho, também, só inventa de fazer aniversário nas brasas de fevereiro. Não aguento mais esse charco de calor por cima de mim, e tomar refrigerante, ah, não, nem por decreto: bebida de criança. Mas tem toda esta gente aí tomando cerveja e, apesar da promessa que fiz ao Júlio, não vou resistir sem dar um mergulho numa latinha. Um pecado de vez em quando só pode me fazer bem. E eu sei quanto ando necessitada de algum. Aproveito agora que ele está no alpendre, ensaiando um namoro com alguma daquelas meninas. O meu Júlio querendo ficar homem. Não sei quem foi que abriu esta latinha, mas isso também não me interessa.

Essa mulher aí deve ser mãe de uma das meninas. Nunca tinha visto. Ela me olha sorrindo e pisca um olho com malícia. Respondo só com as sobrancelhas erguidas, porque não entendo o sorriso gordo dela nem seu olho piscando pra mim. Me abano com mais violência agora e lhe devolvo o sorriso com o recado bem claro de que só bebo porque não aguento este calor. A mulher gorda vai até o isopor e traz duas latinhas, então já sei de quem roubei a primeira lata de cerveja. Ela abre as duas e enche meu copo. Eu devia recusar, por causa da promessa que fiz ao Júlio, mas entre mulheres, como nós, acho que seria uma indelicadeza. Por isso aceito e agradeço. Não sei se ela percebe que invertemos os papéis. Ela se fazendo de anfitriã, talvez pensando que eu também seja convidada, como ela.

O Júlio atravessa a sala atrás do séquito de meninas que ele pastoreava no alpendre. É de longe o garoto mais bonito da festa. O meu Júlio. O grupo se dirige pra cozinha. Ele passa muito sério, de passo lento, retrasado, procurando meus olhos, que se escondem numa conversa recente com o marido da vizinha da esquerda, que me pergunta quantos anos o Júlio está fazendo. Bonitão, este vizinho, e me parece que está caidinho por mim. Pergunta meio tola, a dele, que faz tempo me olha de olho quase vidrado, querendo puxar conversa. Fico virada para o vizinho, mas bem que noto, de esguelha, a censura no olhar do meu filho. Aquela ruga na testa dele, que eu conheço.

Uma das meninas volta da cozinha com uma bandeja de salgadinhos e oferece pra gorda aqui ao meu lado. Ela pega um só com a pontinha dos dedos, com cara de nojo. Eu pego dois pastéis e uma empada. Enfim, estou na minha casa. Então não tenho como recusar a cerveja que alguém me oferece. Não sei de onde apareceu esta garrafa, mas apareceu em boa hora.

Em cima da mesa, pratos de papelão com restos de bolo, uma travessa grande com o bolo pela metade, garfos e facas de madeira, garrafas vazias de refrigerante, farelos de todo tipo, guardanapos de papel usados. De vez em quando aparecem esses garotos pra se servirem de qualquer coisa. Eles entram barulhentos, encobrindo o som que vem do aparelho ligado na cozinha, onde os amigos do Júlio resolveram fazer a festa particular deles.

O Júlio, não passam cinco minutos sem que ele venha até o fim do corredor pra me espionar. Ele já sabe que eu descumpri a promessa, mas, caramba, quem aguenta tanto calor?!

O casal de noivos, do outro lado da mesa, encostado à janela, olha pra mim sorrindo e comentando alguma coisa. Ele veio de gravata, meu Deus. Com este calorão. Não consigo entender o que eles comentam, porque o barulho das conversas se mistura com as gargalhadas e com o fragor desta música exageradamente alta que vem pelo corredor e desemboca aqui na sala. Não entendo, mas finjo que concordo sacudindo a cabeça. Deve ser alguma bobagem, porque eles são muito jovens e parecem apaixonados. A noiva tem uma cara muito enjoada. Acho que não está gostando da festa.

Um dos colegas do meu filho vem pegar um pedaço de bolo e o enfia quase inteiro na boca, ficando com um bigode de glacê. A gente nunca mais vê a cor dos cabelos dessas crianças porque eles nunca tiram o boné. O garoto me olha com ar de deboche, e eu pergunto o que é que foi. Acho que ele é filho da gorda. Tem jeito.

Eu sei que o mundo oscila só pra mim, mas isso também não me interessa. O movimento de gente que entra e sai é muito grande, e é uma coisa que me deixa meio tonta. Agora parece que a sala toda cai na gargalhada, as pessoas todas muito alegres, e só eu não imagino por quê.

Não atino com a quantidade de cervejas que já bebi, mas não podem ser poucas. A mulher gorda que eu nunca tinha visto me pergunta pela terceira vez se estou me sentindo bem. Arregalo os olhos e digo que estou bem, muito bem, e solto minha gargalhada, no final dela peço mais uma cerveja, e acho que minha voz não está bastante clara, eu sei, mas é por causa da língua ocupando quase todo o espaço da boca. O que mais me irrita é esta gente toda olhando pra mim com olhos grandes e parados, cochichando uns com os outros, oscilantes, todos eles, como se estivessem numa festa, eu subindo na roda-gigante, meu Deus, que vertigem.

Agora estou sentindo o estômago embrulhado e me seguro na cadeira com medo de cair. Alguém acendeu a luz. Quem foi que acendeu a droga desta luz? Não consigo mais reconhecer rosto nenhum. Meu estômago está embrulhado e eu acho que vou cair.

A primeira golfada quase atinge a mesa. É um líquido amarelado e muito amargo. O vizinho dá um pulo para se proteger. Meus arrancos chamam a atenção e corre gente para todos os lados. O Júlio chega e me segura por trás, as mãos firmes em minhas axilas. Ele sozinho, coitado, praticamente me arrasta para o banheiro.

Mulher gorda

Ela passa a mão na latinha de cerveja que eu abri pra mim. Acho que é a dona Alzira, a mãe do Júlio. O Marcelo me apresentou a mulher, mas era um monte de gente que só me lembro do nome. Bem que meu filho me avisou que ela enxuga qualquer bebida. Os meninos a chamam de esponja, mas não na frente do Júlio. Ela me olha com cara de ladra e levanta as sobrancelhas. O que pode significar esse gesto? E não para de se abanar. É, minha filha, vá se acostumando com o calor ou então comece a tomar chá de amora.

Trago duas latinhas pingando, bem geladas, e ofereço uma à mulher, que me parece ser a dona da casa. Ela aceita e me olha um pouco encabulada. Deve ser por ter bebido a minha cerveja. Quem será esse homem aí do lado que come a dona Alzira com os olhos? Ela olha em volta, cuidadosa, então se solta. Eu finjo que não estou vendo a manobra dos dois.

O Marcelo instalou o som lá na cozinha porque lá eles têm mais espaço. Aqui na sala, neste aperto, com esta mesa enorme e suja atrapalhando, os meninos não iam ter como dançar. As meninas passam rindo e atrás delas vem o aniversariante. Ele repara na mãe bebendo e faz cara feia. Olhe só, a descarada finge que está conversando com este homem aí e não encara o filho.

Uma das meninas volta da cozinha com uma bandeja de salgados. Por minha vontade comia metade deles, mas a sala está cheia de gente olhando. Tiro uma empadinha e sacudo a cabeça que não, estou satisfeita. O homem que está dando em cima da dona Alzira descobre as garrafas geladas de cerveja. Ela pega três salgados de uma só vez. Acho que agora é que a festa está começando. Faz umas três horas que se cantou o parabéns-a-você e estava tudo uma chatice, mas agora alguma coisa vai acontecer.

O Júlio aparece toda hora na boca do corredor com cara de quem fiscaliza a mãe. Que falta de compostura: precisar da fiscalização do filho. O Marcelo vem até a sala, finalmente, e pega um pedaço de bolo. Deve estar morrendo de fome, o coitado, socado naquela cozinha. Ele chega a boca branca de glacê perto do meu ouvido e diz: "Não é bem como eu disse?". Depois olha rindo pra dona Alzira, e ela parece que se irrita porque pergunta muito séria o que é que foi.

A dona Alzira está muito pálida e suando. Pergunto se ela se sente bem e tenho de repetir três vezes porque ela arregala muito os olhos e parece não entender nada do que acontece à sua volta. Pra mim, ela já está é meio "chumbada". Por fim, responde que está bem, muito bem, e solta uma gargalhada que ninguém entende. Então pede mais uma cerveja, e esse homem que está dando em cima dela se apressa em buscar a bebida e aproveita para acender a luz.

Mas o que é isso? Ela quase vomitou por cima da mesa, a indecente! A sorte é que o Júlio andava por perto e veio socorrer a mãe. O homem que trouxe a garrafa de cerveja deve ter saído respingado. Saiu batendo um guardanapo na calça. Coitado do Júlio, com uma mãe assim, é a cruz dele.

Vizinho

Sem esse filho grudado nela o tempo todo, a história já teria sido outra. Desde que os dois se mudaram para cá, é a menor distância dela que consigo. Muitas vezes trocamos sorrisos por cima do muro, e isso com muito disfarce, que a Rita nunca se distrai. É um ciúme pior do que uma doença. Não me conformo é que uma mulher bonita como a Alzira, sem marido aparente, se deixe dominar por um pentelho como esse Júlio. Mas é claro que sem agradar o aborrecente jamais vou ter oportunidade de chegar à mãe. Andei dando umas caronas pra ele em dia de chuva e cá estou eu, na sala da Alzira, com ela me engolindo com os olhos. Esse sorriso dela é que me mata. É convite para um pedaço de paraíso, onde me perco, promessa que um homem como eu não consegue recusar. Meu Deus do céu, só porque pergunto quantos anos o garoto está comemorando, ela não para mais de conversar comigo. E na minha cabeça vem a palavra prazer, que me invade o corpo todo.

Com esse bando de meninas atravessando a sala, não entendo bem o que a vizinha me diz, mas concordo, ah, sim, concordo com tudo que ela disser. O filho passa pela sala com cara azeda e nos queima com os olhos. No início do corredor ainda se vira, fiscal como ele é.

Uma das meninas volta da cozinha com uma bandeja de salgadinhos e me levanto para buscar no freezer uma garrafa de cerveja bem gelada. Abro-a e a ofereço à Alzira, que está mastigando. Ela me agradece com um sorriso feliz e dadivoso. Se a sala estivesse com menos gente, talvez fosse possível aprofundar algum assunto mais íntimo. Neste aperto, os assuntos são todos comunitários. E a Rita não demora muito a chegar. Não conseguimos progresso nenhum e é uma pena perder uma oportunidade destas.

O casal de noivos, do outro lado da sala, está querendo conversar com a Alzira, mas o barulho é grande e ela se mostra irritada, e acredito que seja porque não ouve nada. Aparece um garoto vindo da cozinha e corta uma imensa fatia do bolo, lambuzando a boca e o queixo. Ele cochicha alguma coisa no ouvido dessa mulher gorda que nos fiscaliza o tempo todo, enxerida. A Alzira olha pra ele com raiva e pergunta o que é que foi. Se o garoto se mete a besta, dou uns empurrões nele. Onde já se viu, provocar a própria dona da casa.

Vou até o interruptor e acendo a luz. Aproveito para trazer mais uma garrafa de cerveja. A Alzira começa a me preocupar. Está extremamente pálida e abre muito os olhos, querendo com eles engolir a sala. Corajosa, esta vizinha, esvazia o copo de uma vez só. Quanto será que ela já bebeu?

Esta não! O vômito dela respingou na minha calça. Decididamente, ela não sabe se controlar.

A noiva

Há qualquer coisa que me enoja nesta sala, que bem pode ser esta mesa suja, com a toalha manchada de refrigerante e gordura de salgadinhos, com garfos de madeira lambuzados de glacê misturados com guardanapos amarfanhados de papel. Talvez seja o cheiro de fritura que vem da cozinha nas ondas dessa música pobre de melodia, de ritmo quase imbecil de tão monótono, como suportes de uma letra tola, de uma maliciazinha imbecil. Não sei. Mas também podem ser as pessoas, que passam movidas pela necessidade de gastar energia, que falam, todas elas, como num monólogo coletivo, que se entopem de comida e bebida por não saberem fazer outra coisa.

Desde o início avisei o Ricardo que não gosto deste tipo de festinha em que tudo é de uma vulgaridade atroz, com pessoas ordinárias gritando bobagens que ninguém entende porque tudo se embola no ar com a fumaça dos cigarros e das frigideiras. Mas o certo é que ninguém quer entender nada. O que eles querem é o entorpecimento, o espírito embotado. É preciso um som que faça o ambiente trepidar, e, nessa atmosfera, cada um solta seus berros atávicos. E isso os diverte.

O Ricardo fez questão de vir porque gosta do garoto, sente pena dele, que, com a idade que tem, já assumiu a condução da mãe, esta mulher grosseira que namora o vizinho na frente de todos e se embebeda como um gambá. O garoto já procurou o Ricardo várias vezes no fórum, pedindo socorro por causa da mãe.

Nós precisamos ir embora, e o meu noivo diz isso à anfitriã, acrescentando que ela deve moderar um pouco no consumo da bebida. Ela sacode a cabeça, que sim, sim, mas continua esvaziando as latinhas de cerveja que esse homem aí do lado vai empurrando pra ela. E, é claro, com intenções bem conhecidas. Ela oscila na cadeira e não se levanta para nos levar até a porta.

Finalmente, alguém teve o bom senso de acender a luz. O Ricardo se despede de um conhecido e eu já estou perto da porta, pois não suporto mais o cheiro e o barulho deste lugar.

Meu Deus, a mulher está vomitando em cima da mesa.

Uma das meninas

Uma rainha, essa mãe do Júlio. Uma rainha sem trono, mas o modo como fala com o nariz apontando o céu, o sorriso completo em que usa o rosto todo, a voz clara de quem manda. Uma rainha. Quando eu crescer, quero ser bonita e elegante assim como ela. Em vez de ficar lá na cozinha tomando conta do serviço, fica aqui na sala, exposta à admiração dos súditos. Esse vizinho dela, se deixar, engole a coitada.

A mãe do Marcelo pega uma empadinha com as pontas dos dedinhos gordos e faz cara de nojo. Se alguém perguntar a ela por que é tão gorda, é provável que diga, muito admirada e sacudindo a cabeça, não sei, minha filha, não sei, tomo tanto cuidado, não como quase nada. Pois não é que a dona Alzira pega três salgados de uma vez! Ela não tem medo de que a julguem esganada. Também, com o *layout* dela, pode comer o que quiser.

Essa velhinha parece que não se decide. Ela olha para uma bandeja, examina a outra e suspira. Só pode ser de saudade. Agora ela me encara e sacode a cabeça, dizendo com a voz estragada de velhinha que não, não posso, que o médico proibiu qualquer fritura por causa de uma úlcera mal curada. Ela quase chora quando retiro a bandeja de sua frente.

Bem, lá fora eu não vou. Quem quiser comer, que entre. Sobrou a metade, mas não vou levar de volta pra cozinha. Vou deixar aqui em cima da mesa e as pessoas que se sirvam sozinhas. A mãe do Júlio esvaziou uma garrafa de cerveja enquanto dei a volta na sala. Bem que o Júlio estava se queixando dela na cozinha. Tinha prometido não beber, mas não aguentou. Se não der escândalo, o Júlio comentou, já é lucro. Coitado do meu amigo, suporta uma barra que não é fácil, não.

Marcelo

Que zoeira, nesta cozinha. Já começo a ficar um pouco cansado. Ainda bem que está todo mundo animado com meu som. Não fosse eu, esta festa do Júlio saía mas era muito sem graça. Sacanagem isso, me deixarem até agora sem um pedacinho de bolo. Tenho de aproveitar a seleção que botei no aparelho de som. A Raquel se largou naquela cadeira com cara de quem quer morrer. Deixa ela lá, descansando. Deve ter bebido algumas. Me cochicharam que um carinha desses aí trouxe uísque escondido. Sacanagem. A gente pediu pra eles não trazerem nada. Mas a Raquel é muito estúpida se entrou nessa.

Cara, mas esta sala está com cara de velório. Minha velha, pelo menos, parece que se diverte com alguma coisa. E acho que sei com o quê. Primeiro, um pedaço compensador deste bolo, que daqui a pouco não sobra mais nada. Bom, muito bom. Minha mãe empurra a aba do meu boné pra nuca. Não é como eu falei?, e ela confirma que sim, que a dona Alzira já deve ter empurrado uma dúzia de cervejas goela a baixo. Dou um bico no copo da mãe e me arrependo. Cerveja não bate bem com bolo. Que droga. A dona Alzira pensa que estou rindo dela e me encara irritada. Ela me pergunta o que é que foi, mas eu ri foi da minha ideia de misturar bolo com cerveja.

Eu vou é voltar pra cozinha que o ar lá está mais leve e mais colorido.

Júlio

Não dá mais. Hoje de manhã, minha mãe me jurou que não tocava em bebida nenhuma além de água. Mais uma vez ela beijou os dedos em cruz, garantindo que não tocava em cerveja. Minha mãe jura com muita facilidade, porque já sabe que não é obrigada a cumprir o juramento. Sem que ela me garantisse abster-se de bebida, eu não teria coragem de convidar o seu Ricardo. Ele sempre me deu muito apoio e me livrou de muita barra quando procuro o Conselho Tutelar. E agora o que eu vejo? Ela está com uma latinha de cerveja na mão.

Você não me engana, dona Alzira. Não me engana mesmo. Sei quem é a senhora desde que me conheço por gente. Talvez até antes. Eu ainda não sabia o que eu era, mas você, minha mãe, eu já conhecia. Naquele tempo, você era minha proteção, minha provedora, você sempre dava um jeito de me tornar feliz. Mudamos muito, dona Alzira. Muito. Invertemos nossos papéis? Pensa que não percebo que atenção concentrada no vizinho é puro disfarce? Mas você não me engana. Seus juramentos já não têm valor nenhum. O seu Ricardo e a noiva estão vendo que não é exagero meu quando os procuro por eles no Conselho Tutelar, pedindo socorro.

Bem, talvez eu esteja exagerando. Um copo de cerveja não faz mal nenhum à dona Alzira. Ela aguenta bebida melhor do que eu. E também não vou perder o melhor do agito, que está é na cozinha. O Marcelo montou lá a central de som e ele é muito bom nisso. As meninas me convidaram pra dançar e de vez em quando volto aqui pra ver o que está acontecendo.

Eu queria dançar era com a Raquel, que está demais com aquele bustiê laranja e a barriga de fora. A sacana, porém, não larga o Marcelo, grudada nele, sem me dar chance nenhuma. Então fico com a prima dela, a Silvinha. É um chaveirinho, mas suporta bem o meu tamanho.

Largo a Silvinha e digo que me espere. Vou até a porta da sala espiar, pra saber o que está... Que droga! Minha velha agora está com uma garrafa quase vazia na frente. Foi coisa desse cafajeste do vizinho, que anda dando em cima dela. Só pode ser ele, porque agora está enchendo outra vez o copo dela. Tomara que não passe disso.

A Silvinha vem me encontrar no corredor. De rosto ela é ainda mais bonita do que a Raquel. O problema dela é este corpinho de criança. O Marcelo foi pra sala e procuro a Raquel, que está largada numa cadeira com cara de quem quer morrer. É, acho que não vai rolar, mesmo. Ela está com jeito de quem bebeu alguma coisa diferente. Só sendo muito cretina pra cair nessa.

Hoje de manhã telefonei pro meu pai e ele me prometeu mandar um presente. Disse que pagava minha festa e me desejou muita felicidade. Nenhuma palavra sobre sua ex, esta mulher a quem chamo de mãe, que jurou não dar vexame e já nem sei quantas cervejas enxugou. Outra vez o velho insistiu pra que eu largue esta vida e vá morar com ele. Não posso fazer isso. Alguém precisa tomar conta da dona Alzira, e ela é minha mãe e não tem mais ninguém. Além disso, ela vive da minha pensão.

O Marcelo aparece arrumando o boné e limpando a boca com a mão. Ele me olha com a cara cheia de malícia, e eu conheço muito bem o Marcelo. Sinto a cócega de seu hálito na minha orelha, por onde entra o veneno dele, dizendo que a minha mãe já está tão bêbada que não vê mais ninguém. Ele me dá a impressão de que sente um prazer imenso em me dar a notícia. Largo a Silvinha nas mãos sujas de bolo do Marcelo e vou espiar. Entrar lá e dar uma bronca, que ela pare de beber *et cetera* e tal, isso eu não posso fazer. Ela ficaria desmoralizada. Mas que droga! O que eu temia que acontecesse aconteceu. Minha mãe está lavando a sala com a cerveja que bebeu. As pessoas fogem, com medo de se sujar, como esse idiota do vizinho, e ninguém vai ajudar minha mãe. Está completamente tonta. Se a largo, ela desaba. E ninguém vem me dar uma força? Preciso carregar minha mãe pro banheiro, pra escondê-la, porque a curiosidade dessa gente fede mais do que o vômito dela. Morro de vergonha, mas é minha mãe. Puxa, mas ela não parecia tão pesada. Alguém aí pode me ajudar?

O PRIMEIRO AMOR É
INESQUECÍVEL...

MESMO QUANDO SE REVELA
TOTALMENTE DIFERENTE DO
QUE SONHAMOS.

E O SENTIMENTO SÓ É COMPLETO
SE TIVERMOS AO NOSSO LADO
UMA AMIZADE VERDADEIRA, A
QUEM CONFIDENCIAR TUDO.

SERÁ?

O NAMORADO DA MELHOR AMIGA

MARCIA KUPSTAS

Por um ano, eu e Natália fomos grandes amigas. Mais que isso, ela foi minha *única* amiga. Quando a gente tem 13 anos, sabe o que isso significa: eu vivia na casa dela, e ela, na minha. Estudávamos em escolas diferentes, mas morávamos no mesmo edifício. Mal a gente chegava ao prédio, já se procurava. Se deixassem, passaríamos a noite inteira conversando.

Ela sabia tudo de mim: que eu adorava homem romântico, pretendia ser *designer* de jogos de *videogame*, queria viajar pelo mundo todo e, se Deus quisesse, seria uma das primeiras no voo comercial para a Lua. E eu sabia tudo dela: suas músicas favoritas, que o cachorro ideal era o *golden retriever* e até mesmo as coisas íntimas, como seu complexo, porque achava o seio esquerdo maior do que o direito. Sinceramente, nunca notei diferença, o que não me impediu de chorar a seu lado durante horas, de pura solidariedade, praguejando contra a natureza!

Éramos tão íntimas, tão próximas, tão fiéis, que minha avó quis dar conselhos:

– Credo, Bruna! Isso parece coisa de namorado!

Falou mais um monte, "coisas da vida", que vieram tão cheias de reticências e eufemismos que mais pareciam aula de Língua Portuguesa. Claro que não prestei atenção... Mas hoje que estou mais velha e até mudei de escola, às vezes me pego reparando em meninas na idade da gente. Dizem que é uma fase da vida, que pode ser normal em pré-adolescentes. Mas, às vezes... *parece mesmo* coisa de namorado.

E, para ser sincera, nessa nossa história teve um namorado. Só que tudo aconteceu bem diferente do que vovó poderia imaginar.

Aos 13 anos, eu era uma garota pequena, magra. Ainda "não era mocinha", nos eufemismos de vovó. Natália não. Ela era alta, de longos cabelos castanhos, busto tamanho quarenta e quatro, pernas fortes de quem sempre fez balé. Ninguém lhe dava a idade. Era por isso também que Natália conseguia ser tão popular com os caras.

Ah, as histórias que ela me contava! Não passava um fim de semana sem que tivesse ficado com alguém. E não bastava ficar! Era sempre o garoto mais bonito da festa, ou mais interessante, ou mais velho. Dizia: "nesse domingo foi um cara de 23 anos", e soltava o cabelão para trás, rindo tão gostosamente, antes de detalhar TUDO...

Como gostava de ouvir as histórias de minha amiga! Como eu voava junto, me arrepiava ao mergulhar nos detalhes de um beijo gostoso, fantasiava como deveria ser bom estar nos braços de um rapaz "alto, ele tinha mais de um metro e noventa... e que olhos! Bruna, os olhos eram verdes, ah, como o Renato era bonito, menina!".

E lá vinha a história sobre Renato, ou Pedro, Carlão, Alberto, Marcos, Tadeu. Onde ela encontrava tanto cara bonito? Ou os achava nos fins de semana, no litoral, onde os pais tinham casa, ou saía à noite, quando conseguia permissão para "estudar na casa" de alguma amiga e na verdade...

– Fui sozinha ao *shopping* – ela dizia. – Foi lá que encontrei o Gustavo. A gente bateu o maior papo, combinamos de sair no sábado.

E que risada linda ela dava! E como eu ficava ansiosa, mal disfarçava a curiosidade, louca para que, depois do sábado, Natália viesse com suas histórias e detalhes excitantes.

Talvez eu pudesse ser mais desconfiada naquela época. Era muita cara de pau da minha amiga mentir assim para os pais, inventar lições noturnas com colegas sem que ninguém verificasse, ninguém conferisse... Ou o mais sensato seria contar a um adulto. Afinal, era uma garota com vida dupla. Esses encontros não seriam arriscados?

Mas tínhamos 13 anos. E ela era minha melhor amiga. *Jamais* trairia minha melhor amiga.

Foi mais ou menos oito meses depois de a nossa amizade ter-se estreitado desse jeito que aconteceu o caso com o Jorge.

No começo, Natália usou a mesma estratégia: "É um gato, foi tão bom ficar com ele, me levou pra tomar sorvete naquela sorveteria chique" e coisa e tal. Como se logo, logo fosse dispensar o Jorge, do modo como costumava dispensar todos os ficantes ou quase namorados.

No entanto, não sei bem o que aconteceu daquela vez. Eu devo ter defendido o Jorge com mais entusiasmo. Ou ela me pareceu mais interessada, algo como se o Jorge pudesse mesmo ser Ele, o Homem Ideal. Sei que Natália tornou a se encontrar com o cara. E de novo e de novo.

Ah, e a cada encontro, como as histórias melhoravam! Também, o tal Jorge era uma maravilha, fazia encontros-surpresa na porta da escola, trazia flores, comprava presentinhos tão charmosos. O auge mesmo foi quando Natália me mostrou o primeiro dos cartões coloridos.

– O Jorge diz que celular não é romântico. Ele prefere escrever, desenhar... Coisas assim que a gente pode segurar e guardar.

Eram lindos os cartões do Jorge! Importados, sempre com uma cena romântica: um casal se beijando, pôr do sol na praia, flores e passarinhos. E ele escrevia ou desenhava coisas incríveis para a Natália: "Essa garota é bonita, mas não chega a seus pés, meu amor"; "que esse beijo da foto seja muito pouco diante dos beijos que eu quero te dar".

Minha amiga tinha razão de se apaixonar! Eu torcia por ele mais do que pelos personagens das novelas de TV. Na minha imaginação, antecipava os momentos em que minha amiga descreveria seus encontros com o Cara Ideal. Natália parecia tão feliz... E desse modo eu também ficava feliz. *Por eles.*

Claro que nem tudo eram flores. Natália às vezes narrava brigas terríveis, em que ele "berrou como um doido" ou "dirigiu pela cidade feito um alucinado" (claro que um namorado tão especial tinha de ser maior de idade e ter um lindo carro zero!). Nesses momentos, eu ficava mais do que nunca a favor do Jorge. Pedia que Natália detalhasse o bate-boca, ouvia e reouvia a história, aconselhava ou sugeria formas de conciliação e, no dia seguinte, ou dali a alguns dias, enquanto esperava pelas notícias, roendo as unhas de ansiedade, geralmente era recompensada com a frase: "Nem te conto".

Eu:

– Conta, conta, vai, Natália. Você e o Jorge...?

– A gente fez as pazes.

– Aaaaaaaaaaaaah, eu sabia! E como foi?

Assanhadas, e até comovidas, comentávamos a conversa, o passeio que selou o reencontro, a força dos beijos apaixonados, os detalhes das carícias (sempre controladas, porque tanto eu como Natália éramos virgens) ou os presentes criativos que um cara fascinante como Jorge conseguia inventar.

Foram tantos! O ursinho de pelúcia vestido de palmeirense (time de coração da Natália), a capa de celular importada, a bolsa bordada, o broche em forma de borboleta, que abria as asas e mudava de cor.

Tivemos mesmo uma conversa séria. Muito séria: bom, para um cara assim tão especial, não valeria a pena... "avançar o sinal" (só para usar outro dos eufemismos da vovó)? Afinal, o Jorge merecia. Nunca houve um namorado tão gentil, um cara tão bonito, um homem tão envolvente como ele.

– Natália, você tem de prometer!

– O quê?

– Você já viu? Quer dizer... – brequei a frase, vermelhíssima, só de imaginar o que imaginava.

– O que você quer saber, Bruna?

– Bom, você já viu o Jorge pelado?

– Não, Bruna! Imagine!

– Por que esse espanto? Quem ama de verdade fica pelado na frente do outro. É normal, não é?

– Mas a gente não fica, pronto – foi a vez de Natália ficar vermelhíssima.

– Então promete. Jura, *de verdade*, que você me conta tudo, tudinho, quando... – eita, outro eufemismo da vovó! – acontecer *aquilo*. Promete?

Ela fez o juramento. E no dia seguinte me mostrou um dos cartões, dessa vez mais íntimo, mais erótico:

> Meu desejo? era ser desse teu leito
> De cambraia o lençol, o travesseiro
> Com que velas o seio, onde repousas,
> Solto o cabelo, o rosto feiticeiro...
> O que eu sonho noite e dia,
> O que me dá poesia
> E me torna a vida bela,
> O que num brando roçar
> Faz meu peito se agitar,
> É o teu seio, donzela!

– Que lindo, Natália! Apaixonante – meus olhos encheram de lágrimas.

– Acho que ele copiou de algum lugar. Não pode ter escrito isso, Bruna!

– Não tem a menor importância! – fui cruel com ela, arranquei o cartão de suas mãos, eu tremia. – Natália, ele se matou de procurar um poema assim. Mesmo na internet, ele nem imprimiu... Olha! O Jorge copiou, com a letra dele! Tem até um borrãozinho aqui. Que coisa mais linda, Natália! Tudo isso por você, pelo seu amor... E é assim que você agradece? Com esse pouco-caso?

Natália me enrolou:

– Mas o poema não é dele. É bonito, mas você não devia ficar assim nervosa.

Exigi que ela ligasse para o Jorge, naquele instante. Peguei seu celular:

– Quer que eu ligue? – teclei em CONTATOS. – O nome está como JORGE ou...

– NÃO! – Natália pulou e arrancou o aparelho da minha mão. – Não faça isso, Bruna, por favor. Eu ligo depois. Quando ficar sozinha.

– Então vai ficar sozinha agora, porque eu vou embora. Mas liga *mesmo*, agradece *mesmo*, hem? E depois me conta. Promete?

Ela prometeu e eu subi ao meu apartamento. Dormi mal naquela noite. Sonhei com beijos, com palavras quentes, "o travesseiro com que velas o seio, onde repousas" e socava meu próprio travesseiro, insone. Ou murmurava "que me torna a vida bela é o teu seio, donzela!" e imaginava uma rouca voz masculina sussurrando nos meus ouvidos.

Afinal, dormi. E sonhei. Eu e um homem sem rosto caminhávamos por um parque que mais parecia uma cama, onde as folhas viravam plumas e os pés afundavam numa grama macia feito colchão, e a gente tomava um sorvete de quatro andares...

Acordei tarde, perdi a hora da escola. Sozinha no apartamento, andava de um lado para o outro, conferia o relógio minuto a minuto, doida para que a Natália voltasse da escola e me contasse todos, os menores e mais lindos detalhes de seu telefonema de amor. Mas ela demorou. O celular dela só dava caixa postal. Apelei para o interfone e, depois da décima "interfonada", a mãe dela contou reticente que a Natália "ia encontrar uma pessoa". Então era isso, pensei. O Jorge, cara a cara! Aquele era O DIA, afinal?

Só à noite consegui falar com ela. Demorou para atender o interfone:

– Nós brigamos, Bruna. Agora acabou. A gente se separou de verdade.

– O QUEEÊ? Isso não pode acontecer!

– Mas aconteceu, Bruna. Paciência – um suspiro. – Tudo bem.

– TUDO BEM? E você diz isso desse jeito, *tudo bem*? Nunca! Vamos conversar. Já estou descendo.

– Mas...

Voei pela escada. Em minha ansiedade, jamais conseguiria esperar o elevador até os cinco andares para o apartamento dela. "Tudo bem?", repetia mentalmente as suas palavras. "Acabou?" Ela não podia fazer isso com o Jorge!

Nem toquei a campainha, passei afobada pela sala, onde os pais de Natália jantavam, entrei direto no quarto dela.

– NATÁLIA!

– Estou no banho. Espera um pouco, tá?

Movi a maçaneta, não girou. Porta *trancada?* Natália *nunca* se trancava no banheiro da suíte! *Nunca* me impedia de ficar com ela enquanto tomava banho. Aí tinha coisa. Ela estava chorando, descabelada, com vergonha de se mostrar?, pensei. Ou a briga foi séria demais? Será que o Jorge *bateu nela?!!* Fui fulminada pelo pensamento. Algo assim tão terrível?

Natália demorava para sair e isso me agoniou ainda mais. Não conseguia ficar quieta, esperar "comportadinha". Comecei a andar de lá para cá no quarto da Natália, feito bicho enjaulado. Mexi ao acaso no som, fiquei em dúvida se batia de novo na porta, revirei revistas, abri gavetas...

Na primeira gaveta da cômoda, um pacote de loja. Com um papel tão lindo e tão bem-embrulhado que só podia ser do Jorge!

Claro que deveria fechar a gaveta e aguardar a Natália. Claro que não "seria educado" (outra lição de moral da vovó) mexer escondido nas coisas dos outros. Mas não dizem que a curiosidade matou um gato? Eu era uma gata de 13 anos, vivendo por tabela aquela incrível história de amor, frustrada e preocupada com minha melhor amiga.

Apertei o pacote: caixa de bombons? Era macio. Apalpei com mais cuidado. Pequeno demais para ser um casaco ou vestido. *Lingerie*? E se fosse a tão sonhada *lingerie* da primeira noite? Aquela que encobriria minha amiga para o encontro com Jorge, o Homem Ideal?

A curiosidade acabou sendo vitoriosa. Abri o pacote. E eram...

Papéis de carta. Muitos, com seus envelopes e enfeites.

Os conhecidos cartões do Jorge. Aqueles, que chegavam com as frases de amor, sua dose intensa de romantismo erótico. Mas o que faziam ali, embrulhados e em branco?

Quando Natália entrou no quarto, bastou olhar para mim e para os cartões que tudo se esclareceu. Deu um suspiro fundo.

– Ainda bem que você mesma descobriu. A história já estava ficando perigosa.

– Como assim, Natália?

– Não conseguia mais esconder de você.

– Esconder o quê, Natália? Não estou entendendo.

– Ah, Bruna... O Jorge. *Esse* é o Jorge – agarrou os cartões da minha mão e jogou-os sobre a cama. – Não existe Jorge nenhum, Bruna. Eu é que escrevia os cartões, inventava, ou copiava dos livros. O poema, mesmo, peguei da apostila da minha irmã. Copiei trechos de dois poemas de um tal de Álvares de Azevedo.

Senti que o ar me faltava. Nunca desmaiei, mas acredito que aquele instante foi o que chegou o mais perto disso, na minha vida toda. Minha amiga se assustou. Natália me fez sentar na cama, foi buscar um copo de água. Depois, devagar, contou tudo:

– Eu conheci um Jorge, Bruna, o primo de uma amiga. Foi numa festa, um cara mais velho, bonitinho. Mas a gente nem ficou nem nada... – desviou os olhos. – Ele me achou criança demais, só me tratou bem. Mas, naquela noite, quando comecei a falar dele, você... sei lá, você se interessou muito por ele.

– E depois... – pedi a ela que continuasse. Escorria gelo das minhas palavras.

Natália abriu espaço na cama, sentou-se ao meu lado. Inconscientemente, afastei o corpo do dela.

– Desculpa, Bruna. Eu não contei a verdade também sobre os outros rapazes. Nunca fiquei com ninguém. Sou tão virgem de beijo e de ficar quanto você.

– Por que você fazia isso, Natália? Queria me fazer de boba?

– Não, nunca, Bruna! Mas não sei. Cada vez que eu contava dos caras, você ficava tão... tão contente! Não parecia ser nada de ruim.

Estava realmente chocada. Como se dissessem que minha amiga não era da Terra, mas de outro planeta. Como se ela não tivesse pernas, igual às outras pessoas, mas um par de asas nas costas. Ela me traía com outros caras. *Ela traía o Jorge!*

– Então o Jorge...? – ergui os cartões, que pareceram pesados como se fossem feitos de ferro em vez de papel.

– De começo, era igual aos outros. Mas quando percebi que você tinha se apaixonado por ele, eu...

"ME APAIXONADO POR ELE?", gritei dentro dos meus pensamentos. "COMO ASSIM, ME APAIXONADO POR ELE?", mas eu havia perdido o fôlego. Não conseguia gritar, e a Natália continuou falando, a voz de boca-mole:

– Bruna, desculpa. A gente... a gente continua amiga?

Bom, nessa hora deveria dizer que eu consegui, que sorri para ela, abri meus braços para a amiga do peito e perdoei tudo... e que continuamos amigas até hoje.

Mas não foi o que aconteceu.

Saí do quarto dela, calada. Subi muito devagar a escada, fui direto para o quarto e chorei. Chorei e chorei, até dormir.

Não atendi a seus chamados pelo interfone e apaguei o número dela do meu celular. Saía de casa em horários diferentes, então, e só encontrei Natália dias depois, quando ela fez plantão no *hall* de nosso prédio.

Essa foi a última vez que a vi. Ela prendeu a porta do elevador e, antes que eu escapasse, falou:

– Sabe, Bruna? Acho que toda mulher merece um Jorge.

Concordo com ela? O tempo passou, ela e os pais se mudaram, eu troquei de escola, a vida nos levou. Hoje, ainda acredito que todas merecemos um Jorge, com sua intensidade, dedicação e romantismo. Se for de carne e osso, ótimo. Se não, que seja pelo menos a lembrança da Pessoa Ideal da minha e da imaginação daquela que foi, por um ano, a minha melhor amiga.

O QUE VOCÊ VAI SER QUANDO CRESCER?

PROVAVELMENTE TODO MUNDO JÁ OUVIU ESSA PERGUNTA E SONHOU COM UM FUTURO DE MÚLTIPLAS POSSIBILIDADES.

VIVER NOSSOS SONHOS É FASCINANTE.

MAS TER DE VIVER OS SONHOS DE OUTRAS PESSOAS É MUITO COMPLICADO E PODE SER BEM DOLOROSO.

A ESTRELA ANITA
RAUL DREWNICK

Anita tem 19 anos. Em suas lembranças mais antigas, as do tempo em que estava com 4 ou 5 anos, revê a mãe, soterrada pelos trabalhos de casa, interrompendo algum deles para sentar-se no sofá e, com as lágrimas a descer lentamente para os lábios, ligando a TV e mudando, mudando, mudando de canal, até desistir.

Depois de alguns suspiros longos, de enxugar as lágrimas e assoar o nariz com uma delicadeza que Anita jamais veria em outra pessoa, ela desligava a TV.

Os filmes que ela gostaria de ver, todos de décadas longínquas, quase não eram exibidos mais. E ela voltava para a limpeza, para a arrumação, para a comida, para as roupas. Por melhor que ela fizesse tudo isso, o homem com quem ela passara a morar depois da morte do pai de Anita estava sempre insatisfeito.

Habituada à tristeza da mãe, Anita nem a consolava mais. Deixava que chorasse. Sabia que aquilo a aliviava. Depois de cinco a dez minutos de lágrimas suavemente escorridas, ela voltava à sua sina de dona de casa.

Do choro, da angústia, do desânimo, ficava só uma frase que ela repetia em voz baixa enquanto enxugava a louça, tirava o pó dos móveis ou passava um pano na cozinha:

– Não vale a pena, não vale a pena.

Anita sabia o que a mãe queria dizer com aquilo: a vida, para ela, teria sentido apenas se ela fosse alguém como aquelas estrelas de quem vivia falando. Nomes estranhos, sons aparentemente incompatíveis e sem nexo, que só alguns anos depois Anita soube o que significavam: Sophia Loren, Ava Gardner, Romy Schneider, Audrey Hepburn – todas lindas, todas soberbas, todas capazes de realizar, em cada filme, o milagre de fazer a vida parecer suportável.

Anita sabia também que seu nome era uma homenagem da mãe a uma daquelas mulheres capazes de consumar esse milagre em qualquer cena, até na mais corriqueira, como atravessar uma rua, abrir uma sombrinha ou mastigar um sanduíche. A mãe tinha tentado tornar a homenagem completa: ela seria Anita Ekberg Moura Santos. Mas o pai foi inflexível. Anita ele aceitava, até gostava, mas Ekberg, nunca. Que diabo de nome era aquele?

O pai de Anita havia sido um homem prático e amargo. Foi o que disseram a ela. Ele morreu um ano depois que ela nasceu. Levou para o outro mundo a fama de mal-humorado. Quando a mãe conheceu aquele que viria a ser o padrasto de Anita, os poucos amigos e a irmã – única parente que havia sobrado – estranharam; ele era mais ranzinza e ainda mais grosseiro.

Das lembranças desse tempo em que estava com 4 ou 5 anos, uma das mais ternas para Anita era o filme que vira sentada na sala e para o qual havia sido preparada demoradamente pela mãe, como se as duas fossem sair para assistir a uma solenidade religiosa.

De banho tomado uma hora antes e com seu melhor vestido, Anita aconchegou-se no sofá ao lado da mãe, sentindo o perfume que vinha do corpo dela e da roupa, uma blusa e uma saia das mais bonitas que tinha.

– Você vai ver como a Anita Ekberg é maravilhosa – dizia a todo instante a mãe. – Tão linda, tão... imponente. Toda vez que ela aparece é como... um raio de sol.

Anita não entendeu bem o filme, mas em poucos minutos estava convencida de que não havia mesmo, não podia haver, mulher mais fascinante. A mãe não usou – nem Anita entenderia – o adjetivo que depois, quando se tornou também apaixonada pelo cinema, mais vezes leu sobre a mulher de quem havia herdado o nome: *exuberante*.

– Está vendo, está vendo? – a mãe indicava quando a atenção de Anita parecia diminuir. Ah, ninguém sabia sorrir daquele jeito, beijar, dizer a verdade, mentir.

Anita lembra hoje, 15 anos depois, que a mãe foi então preparar um lanche para elas, e em todos os seus gestos, ao pegar o pão, abrir a geladeira, apanhar o queijo e o suco, havia um comovente esforço para imitar a estrela.

Enquanto comiam, a mãe conservou os olhos acesos, como se ainda estivesse diante da TV. Mas logo o entusiasmo se apagou, o sorriso ficou murcho, o olhar se fixou num azulejo trincado e ela murmurou:

– Não vale a pena.

A memória dessa tarde e outras, todas relacionadas a filmes e estrelas, são as mais fortes que Anita guardou da mãe. Talvez por ciúme dessa paixão que unia mãe e filha, o padrasto não fazia questão de esconder que abominava a arte em geral, a literatura, a música e aquilo que ele chamava de "essa bobageira de cinema". A melhor TV da casa estava quebrada e ele dizia que não tinha dinheiro para consertá-la. Na outra TV, quando as duas queriam ver um filme, ele insistia em assistir a programas esportivos. Acabava dormindo em meia hora, mas a melhor parte do filme sempre já havia passado.

Logo depois de fazer 6 anos, Anita passou pelo horror de ver a mãe morrer, atacada por uma doença que a consumiu num mês. A desgraça teve um lado bom: a tia a levou para morar com ela. Era uma cópia perfeita da irmã em tudo. Desde o primeiro dia, Anita sentiu-se como se a própria mãe estivesse ali, com outro nome.

A tia ficou feliz por ter alguém com quem compartilhar, além do apartamento, grande demais para uma viúva, os filmes com os quais ia tentando enganar a solidão. Dizia às amigas que podia até viver sem pão, mas sem cinema não conseguiria aguentar um dia sequer.

O dinheiro que recebia como pensão lhe permitia viver sem grandes preocupações e pagar a assinatura de uma dezena de canais que passavam exclusivamente filmes. E tinha também uma enorme coleção de DVDs, que ia aumentando mensalmente. Ela, como a irmã, amava os filmes antigos, mas não tinha nada contra os recentes. E falava em nomes como Julia Roberts, Angelina Jolie, Sandra Bullock, Drew Barrymore. Apreciava também as séries e era especial sua admiração por Sarah Jessica Parker.

As duas viam diariamente pelo menos três filmes – número que não diminuiu nem quando Anita começou a frequentar o colégio –, e era comum a tia apontar uma atriz e dizer:

– Olha como ela é parecida com a tua mãe. Ah, a tua mãe... Eu sempre disse que ela devia ter feito testes para o cinema.

– Também você podia ter feito, tia.

– Ah, eu não. Tua mãe sim. Ela ia ser grande no drama, e também na comédia. Ela não era triste. Depois é que foi ficando daquele jeito. Acho que foi porque sentia que não seguiu a vocação dela. Mas o teu pai não gostava de cinema, você sabe, e aquele outro, então... Que raiva eu tenho quando penso nisso.

Anita logo viu que, para a tia, assim como para a mãe, não gostar de cinema era o maior defeito que alguém podia ter. E ser atriz, ou ator, devia representar a maior aspiração para qualquer ser humano.

– Um dia você vai ser uma – ela dizia.

– Uma o quê? – perguntava Anita, sabendo muito bem qual seria a resposta.

– Uma estrela, uma grande estrela. As pessoas nascem para brilhar, Anita.

Já no colégio, em peças escritas pelas professoras, Anita uma vez foi árvore, depois um passarinho que não sabia cantar e uma minhoca que queria ser cobra. Com 10 anos, foi uma das irmãs da Gata Borralheira, e a tia achou tão brilhante seu desempenho que a levou, depois da peça, a um restaurante, para comemorar. As duas brindaram com guaraná.

Com 12 anos, também no colégio, Anita encheu de orgulho a tia ao fazer o papel de um dos três porquinhos – o mais inteligente – e provocar risos na plateia toda vez que, depois de dizer alguma coisa aos dois irmãos, fazia "oinc, oinc".

As amigas da tia passaram a fazer sugestões. Uma, numeróloga, propôs que o nome fosse escrito com "y" e dois "tês": Anytta. Outra recomendou aulas de dança e de canto, e uma indicou uma prima que fazia rituais indígenas propiciatórios. Também aconselharam que Anita andasse pelo menos meia hora por dia com um livro equilibrado na cabeça, para aprender a assumir o porte de uma rainha. Esse conselho veio acompanhado de uma observação: Gisele Bündchen, quando menina, tinha feito, por muitos anos, uma hora diária desse exercício com um romance de 500 páginas.

Estavam todos esperando que Anita brilhasse logo, e muito. Era quase uma questão de honra, porque no bairro vizinho morava uma apresentadora que tinha três programas semanais na televisão. Mas a carreira de Anita não deslanchava, embora a tia a levasse frequentemente a grupos teatrais e a testes em que se escolhiam atores para filmes de propaganda de produtos.

Anita gostaria de não desapontar tanta gente que a apoiava, mas não encarava com muita seriedade aquilo tudo, que começava a ser um peso para ela. Pensava em outras coisas. Os filmes vistos com a tia já eram quase uma obrigação. Quando ouvia a algazarra das outras meninas e dos meninos subindo do *playground*, sentia vontade de descer, mas a tia perguntava: o que ela aprenderia, com aqueles bobocas, que poderia ser útil mais tarde? A andar de bicicleta? Isso qualquer macaquinho sabia fazer.

Quando Anita estava com 14 anos a tia conseguiu um convite para ela trabalhar por uma semana no Salão da Criança. Devia ficar num estande de *games*, brincando com meninos e meninas interessados em comprar os jogos. Ela recebeu instruções básicas e foi, mas nenhum caçador de talentos apareceu. Além do pagamento, ela só ganhou um convite para voltar no ano seguinte, desde que não crescesse demais nem engordasse muito.

Quando soube, no fim do Salão, que uma das garotas tinha sido contratada por uma agência, a tia se indignou:

– Aquela que parece um anão da Branca de Neve? Mais feia que ela, só aquela com cara de Moby Dick.

A tia acolheu uma gata de rua, Madonna, que tinha na pata um problema que o veterinário não conseguiu resolver. Madonna, que comia por sete gatos, virou uma bola e mais parecia, como o sofá em que ficava, um móvel da sala. Um dia, Anita resolveu brincar de médica e enrolou um pano na pata dela. Quando pôs Madonna no chão, a gata começou a andar, como se nunca tivesse tido nada.

A tia ficou feliz. Mas três dias depois, quando o pano se desenrolou e caiu, Madonna recusou-se a andar.

– Você precisa fazer de novo o curativo nela – disse a tia.

– Mas eu não pus nada, tia, só o pano mesmo – explicou Anita.

– Então põe outra vez – pediu a tia. Reposto o pano, Madonna voltou a andar bem e até dava umas corridinhas atrás de um rato imaginário.

– Você tem boa mão para médica – avaliou a tia. – Ou será que você é uma pequena feiticeira, hem, minha bruxinha?

Apesar de sua ideia fixa, a tia às vezes perguntava a Anita o que ela queria ser, se não chegasse a ser uma artista. Ela respondia sempre:

– Não sei bem. Talvez veterinária.

– Então nada de desleixo no colégio. Estudo sempre é bom. Vai ser importante quando você precisar dar entrevistas, essas coisas. E não descuide do inglês. No dia em que você for trabalhar em Hollywood, já vai ter essa vantagem. Quando o Robert Pattinson ou o Bradley Cooper forem conversar com você, vão ver que não será com uma bobona qualquer.

Robert Pattinson? Bradley Cooper? Anita ficava com as pernas bambas. E o Tom Hardy? Imaginava-se beijando-o numa cena, e o diretor mandando repeti-la cem vezes, até que um raio de sol, como se fosse um coadjuvante, obedecesse ao desejo da produção e pousasse nos cabelos dela.

Estava já com 16 anos nessa época e, segundo a tia, que continuava com seus contatos com o que ela chamava de "aquele pessoal do mundo artístico", logo apareceria a oportunidade de ouro para Anita.

Um ano passou, dois se foram e, não tendo surgido a oportunidade, a tia resolveu dar uma ajudazinha ao destino. Era hora de Anita ter um *book* não de menininha mimada, mas de garota já preparada para as glórias de uma carreira artística. Levou-a a um fotógrafo, J. Dias, famoso por conseguir, antes do surgimento do Photoshop, melhorar o rosto de gerações de formandos, noivos e aniversariantes.

– Esta menina trabalha na televisão? – perguntou ele à tia.

– Não – ela respondeu.

– *Ainda* não – corrigiu simpaticamente J. Dias. – Logo ela vai estar. A senhora vai ver.

– O senhor capricha, então?

– Claro. O *book* vai ficar uma beleza.

Ele não mentiu. O *book* ficou uma beleza e, com ele, Anita e a tia foram a uma agência de modelos. Uma semana depois, Anita foi chamada para um teste. Precisavam de uma garota para o comercial de um iogurte.

Na tarde em que levou Anita para o teste, a tia ficou preocupada. Mais de 50 garotas aguardavam nos bancos de um velho teatro, alugado para a ocasião, a hora de subir ao palco para gravar o comercial. Mas, depois de uma espiada geral, ela tranquilizou Anita:

– Elas parecem um punhado de minhocas tomando banho de sol.

Embora tivesse chegado no horário marcado, a senha de Anita era a 37 e, como cada gravação durava em média cinco minutos, a espera prolongou-se por três horas. Finalmente chamaram seu número. Em todo esse tempo, ela esteve ocupada com duas coisas: roer as unhas e rezar.

O diretor do comercial, um homem calvo e magríssimo que fumava três cigarros simultaneamente, dois nas mãos e um no cinzeiro, e sua assistente, uma velhusca de cabelo roxo que mascava alucinadamente um chiclete, fazendo estalar bolas e mais bolas, passaram as instruções a Anita. Com um potinho de iogurte na mão, ela precisava sorrir, enfiar a colher nele, dar duas ou três lambiscadas, suspirar e, olhando para a câmera, dizer:

– Huumm, que delícia!

Ela fez isso três vezes – a primeira bem, a segunda melhor, a terceira tão perfeita que a tia precisou conter o impulso de bater palmas e gritar "bravo". Disse só, baixinho, pegando o lenço:

– Ah, minha querida, se tua mãe pudesse te ver agora.

Molhou de lágrimas o ombro de Anita ao abraçá-la quando ela desceu do palco:

– Você mata de emoção essa sua tia. Você arrasou. Mas por que essa cara? O que foi?

– Foi o iogurte, tia.

– O que é que tem o iogurte?

– Ruim demais. *Blééé*!

– Fala baixo, senão te desclassificam.

Enquanto as duas riam, abraçadas, um gorducho aproximou-se:

– Ela é maravilhosa. É sua filha?

– Não. Sobrinha.

– Que futuro tem essa menina.

A tia apontou o palco:

– O senhor é da equipe?

– Não. Eu sou... independente.

– Independente?

– É, eu filmo os testes. Está vendo aquele rapaz com a câmera? Ele trabalha para mim. Depois eu vendo o vídeo.

A tia apontou o celular:

– Eu gravei.

– Ah, mas nunca fica a mesma coisa. O meu trabalho é profissional. Hoje o *book* já não funciona tanto.

– Eu não sei. Vou pensar.

– Isso – disse o gorducho, passando um cartão à tia. – É só ligar. Facilito bem o pagamento. A senhora vai gostar, tenho certeza. A senhora me passa o número do seu celular? Para o caso de perder o cartão...

A tia hesitou, mas deu o número. O homem continuou:

– No vídeo vão os testes de todas as candidatas. Assim, dá para comparar. Às vezes fazem alguma injustiça. Como é o nome da sua sobrinha?

– Anita.

– Bonito nome. De todas, até agora, ela é a melhor. Mas, se ela não ganhar, de qualquer jeito é sempre bom ter uma lembrança, não é mesmo? E a senhora pode mostrá-lo nas agências.

Anita não foi a escolhida, mas, como dissera o gorducho, o filme mostrou como ela havia sido injustiçada.

Vieram outros testes, outras expectativas, outras injustiças. Hoje Anita vai se lembrando de tudo, enquanto acaricia o ventre. Uma experiência que ainda a faz rir foi aquela em que, duas semanas depois do teste do iogurte, ela se viu entretendo crianças numa festa de aniversário, num bufê. O ponto alto havia sido a encenação de *Joãozinho e Maria*, acompanhada sem muito interesse pelo público, mais empolgado em correr de um lado para outro, estourando bexigas. Quando ela revê as fotos que a tia tirou, morre de rir ao se ver vestida de Joãozinho.

Sabe que o futuro sonhado pela mãe e pela tia não se realizará. Pensa em outras coisas agora. Sua vida não é extraordinária, mas ela não tem por que se queixar. Está com 19 anos, trabalha como secretária numa academia de ginástica. Um dos sócios é Leandro, professor de Educação Física e pai da bebê a quem Anita agora diz, como se ela já pudesse entendê-la:

– Jennifer, você há de ser muito, muito, muito feliz.

Ao escolher o nome da filha, ela repetiu o que a mãe fizera. Jennifer não é só Jennifer, é Jennifer Lawrence. A tia vibrou com a escolha:

– É a minha preferida entre as novas. E você sabe como eu gosto também da Jennifer Aniston.

A tia ainda mantém a esperança de ver Anita nos palcos e nos estúdios. Contratou um garoto para montar uma página na internet – Estrela Anita –, em que serão colocados textos, fotos, tudo que possa ser útil para finalmente o público descobrir que, pela cegueira dos empresários, está deixando de ver uma grande atriz.

Ah, essa tia... Vai fazer um mês que ela telefona para a TV, em diferentes horários, tentando falar com produtores, diretores, autores de novela que possam dar uma força à sobrinha. Há uns dois dias, enquanto esperava que a telefonista localizasse um diretor do núcleo de novelas, a ouviu dizer que não aguentava mais "aquela velha doida outra vez". Mas ela parece que não vai desistir nunca.

Hoje, por exemplo, já avisou que vem conversar com Anita sobre um teste para a publicidade de uma loja que trabalha com moda para grávidas:

– Onde vão achar uma grávida mais bonita do que você? Não vão nem precisar pôr travesseiro na barriga. Ah, minha linda, minha linda. Vai ser desta vez, você vai ver. Tenho certeza.

Anita vai dizer não à tia. Entende que ela e a mãe sempre quiseram o melhor para ela, mas o melhor para ela é o que já tem: Leandro e, daqui a dois meses, Jennifer. Que a filha seja o que quiser e o que puder ser. Se depender do pai, ela será uma maratonista.

Maratonista... Imagina o rosto da filha. Lindo como o de uma atriz, ele não combina muito bem com os músculos nas pernas e nos braços, que o pai naturalmente se encarregará de arranjar com mil exercícios na academia. Vai alinhando mentalmente argumentos para convencer Leandro de que talvez seja melhor, para Jennifer, algo um pouco menos radical.

Mas não é hora de pensar nisso. Agora é hora de ir escolhendo as palavras para dizer à tia que, definitivamente, o cinema é para ela só uma diversão. Ou será que tenta mais uma vez? Um teste, por que não? Que mal pode fazer outro teste?

Anita suspira, e sente que a mãe e Anita Ekberg aprovariam esse suspiro. Há alguma coisa de artístico nele.

NÃO SE SENTIR AMADO MACHUCA.

SERÁ QUE A REJEIÇÃO DO OUTRO É REAL OU TUDO NÃO PASSA DE UM EQUÍVOCO?

HÁ QUEM CONVERSE PARA TIRAR A DÚVIDA E QUEM CONVIVA COM A INCERTEZA.

MAS HÁ TAMBÉM QUEM BUSQUE SER ACEITO DE QUALQUER FORMA...

MANO
CARMEN LUCIA CAMPOS

– E aí, mano? Ralando?!

Sem tirar os olhos do livro à sua frente, Doni finge não ouvir a pergunta do irmão mais velho, que acaba de abrir a porta da sala. Nem se dá conta de que dessa vez Lipe não o tratou por "Minimano", como costuma fazer só para irritá-lo, ignorando que ele já tem quase 14 anos e não é mais nenhum bebezinho.

Há mais de uma hora está ali se debatendo com palavras, números e conceitos incompreensíveis, entre uma espiada e outra na tela da TV. Precisa tirar nota alta na prova que se aproxima, mas tem poucas esperanças. Isso quase nunca acontece.

Lipe não se importa com o silêncio do caçula. O rapaz está mais interessado em se livrar logo da mochila e ir para a cozinha atrás de algo para comer, antes de sair para umas "paradas", como anuncia cheio de entusiasmo.

Irritado, Doni se pergunta sobre o motivo de tanta animação. Apesar da curiosidade, não tem a menor intenção de interrogar Lipe. É o que faltava: dar ao outro o gostinho de demonstrar interesse por sua vida tão "fascinante". Não aguenta mais ouvir sobre os seus feitos: desempenho destacado na empresa, boas notas na faculdade, elogios daqui e dali, planos e mais planos para o futuro. Para deleite da mãe, sempre tão orgulhosa do filhinho querido.

Ela pode até negar, mas Lipe é o preferido. Tudo o que ele faz está certo. É educado, responsável, respeita os mais velhos, só anda em boas companhias...

Enfim, não dá um pingo de preocupação. É um exemplo para todos.

Já Doni é visto como o errado, aquele que causa problemas, que se mete em encrenca, que vai mal na escola, que não se interessa por nada... Para ele, isso é a maior injustiça!

O pior é que a mãe nem lhe dá chance de se explicar. Vem logo fazendo aquele dramalhão. Fala em como é duro criar filhos sozinha, que, mesmo sem muito estudo, fez o que pôde: deu educação e ensinou os dois a terem responsabilidade, mas enquanto um não dá trabalho, o outro não toma jeito, que ela não sabe mais o que fazer. Não pode largar um dos empregos para ficar bancando a babá atrás do caçula e etc., etc.

Perdido em seus pensamentos, Doni mal ouve Lipe avisar que vai dormir na casa de amigos, caso a mãe pergunte. Mais uma vez, não esboça qualquer reação.

Alguns instantes depois, desiste de estudar. Aperta violentamente o controle remoto, mas nada o anima na TV. Tudo sem graça, como sem graça é sua própria vida. Cada vez mais sente-se em meio a estranhos naquela casa: uma mãe que ele pouco vê e que, quando o encontra, fica o tempo todo reclamando de tudo e de todos, principalmente dele, e um irmão que vê menos ainda e com quem não tem nada em comum. São cinco anos de diferença de idade e uns cinco mil quilômetros de distância entre o mundo de um e o do outro.

– E aí, mano? Que cara é essa?

Sem nem mesmo erguer a cabeça, Doni balança os ombros, esboça uma careta, ignorando a pergunta do vizinho e parceiro de andanças pelo bairro. Sentado na entrada de casa, graveto na mão, continua impassível a dizimar um grupo de formigas que avança pela parede. O outro desiste de ouvir qualquer explicação e sai pela rua afora, atrás de melhor companhia.

Doni está de castigo, como se fosse um garotinho travesso. Feriado, a mãe está em casa e ele nem sonha em desobedecer às ordens dela. O clima entre eles não anda nada bom e não quer piorar ainda mais a situação...

E pensar que ele não teve culpa de nada. Nem estava com vontade de soltar pipa a semana passada, mas acabou indo com a turma. Vento forte, pipas no alto, e de repente alguém cortou sua linha. Aí ele saiu feito louco atrás de seu brinquedo, não vendo nada nem ninguém. Quando se deu conta já estava em cima do telhado, justamente da vizinha mais chata do bairro. E que azar aquelas telhas quebradas!

A mulher fez escândalo, gritou, xingou, ameaçou chamar a polícia. O escarcéu só não foi maior do que o de sua mãe diante do caso. Falou que ele podia ter caído e se quebrado todo, reclamou dos desaforos que teve de ouvir da vizinha no seu portão, repetiu aquela história de vida dura, sem tempo para nada e ele só dando trabalho... Aí veio o castigo, proibição de sair de casa, bem no fim de semana prolongado.

Lipe, como sempre, com aquele ar de superioridade e seus conselhos irritantes que Doni nunca pediu. O garoto odeia quando o irmão quer bancar o pai, o pai que eles não têm há muito tempo e que não deve voltar à liberdade tão cedo!

Doni não sabe se ficou mais chateado com a mãe, com o irmão ou com a turma. Na hora que a vizinha apareceu na janela, todo mundo correu. Sobrou pra ele. Que grandes amigos esses seus! Às vezes acha que não tem mesmo amigo algum. No bairro parece que só se lembram dele se falta alguém para completar o time, e quando perde gols é só crítica, de todo lado. Nenhum apoio.

Na escola também não é muito diferente: na hora de trabalho em grupo quase ninguém o escolhe. Tem fama de preguiçoso, e as notas baixas não ajudam em nada o seu prestígio. Se pelo menos fosse bonito, rico ou tivesse algum talento especial, poderia fazer sucesso, mas nada disso acontece. As meninas não o enxergam e os meninos o desprezam.

A mãe sempre diz que ele não pensa no futuro. E ela tem razão. Não pensa mesmo no dia de amanhã porque queria que algo de interessante surgisse hoje, agora, para mudar a vidinha tão sem graça que tem.

– E aí, mano? Beleza?

Doni sorri timidamente e apressa-se em responder ao cumprimento espalhafatoso, caprichando no ritmo e na coreografia de suas mãos nas mãos do outro. Tenta disfarçar a emoção do encontro na porta da escola e agir como se tudo aquilo fosse a coisa mais natural do mundo. Não é.

O outro com certeza nem percebe, mas é a primeira vez que trata Doni por "mano". Antes era apenas "cara". Ou melhor, antes não era nada: o novo aluno simplesmente o ignorava.

Mais velho e escolado do que seus colegas, Nilo impressiona de imediato pelo jeito seguro de andar e de falar. Sua voz tem um misto de autoritarismo e de deboche. Faz qualquer um se sentir um nada quando resolve se divertir à custa do pobre coitado. Sua ousadia não conhece limites e, na sua chegada, os professores logo perceberam que teriam problemas dentro e fora da sala de aula.

Não demorou muito para que Nilo conquistasse o respeito dos colegas. Mesmo aqueles que o achavam arrogante ou grosseiro não ousavam desafiá-lo. O grupo de fiéis seguidores ou secretos admiradores, como Doni, foi crescendo na mesma velocidade dos casos de indisciplina que surgiam na escola.

A saudação amistosa que acaba de ouvir de Nilo acende em Doni a esperança de que hoje talvez seja seu dia de sorte. Finalmente, o outro parece enxergá-lo e, mais do que isso, demonstra consideração por ele. No início, só havia indiferença, depois vieram as terríveis gozações, que ele fingia aceitar para escapar de provações maiores... Mais tarde, sua presença era tolerada em uma ou outra rodinha de conversa, mais observando do que falando, como sempre. Tudo isso pode ter ficado no passado.

Ser tratado por "mano" e não simplesmente por "cara" é um sinal promissor.

Agora, enquanto observa Nilo se afastar, cercado por sua corte, como dizem os professores, Doni pensa que talvez não seja tão difícil assim fazer parte daquele grupo de escolhidos.

– E aí, mano? Não vai falar nada?

Doni vacilou e esqueceu-se de dar o maldito recado ao Lipe, e agora o outro está esbravejando com ele. Já gritou o quanto o assunto era importante, que ele fez de propósito, que não serve mesmo pra nada...

O clima foi esquentando entre os dois, velhas mágoas vieram à tona e a discussão áspera quase terminou em socos e tapas. Lipe se segurou, vangloriando-se da maior altura e do peso avantajado que poderia fazer estragos no caçula. A mãe chegou a tempo de impedir a luta corporal dos dois.

Só que a situação não melhorou em nada para Doni: de repente, mãe e irmão começam a criticá-lo ao mesmo tempo. Além de recordar casos antigos, que vão de notas baixas e desinteresse por tudo a confusões no bairro, os dois voltam-se para a situação atual: as pessoas com quem ele está andando. Pelo jeito, a má fama de Nilo e de sua turma já ultrapassou os muros da escola e a família parece desconfiar de que Doni esteja metido com o grupo.

O garoto observa a cara de vítima da mãe e a expressão raivosa do irmão. Nenhum sinal do afeto que costumava existir naquela casa em outros tempos. Doni até esboça se defender, pensa em reclamar de injustiça e jurar inocência, mas prefere se calar. De nada adiantaria: nunca lhe dão razão...

A pergunta de Lipe ecoa ainda em seus ouvidos, sem que tenha vontade de dizer coisa alguma. Principalmente depois que, em meio a tantas críticas e comparações, a mãe destacou mais uma vez como os dois filhos são diferentes. Tão diferentes que nem parecem irmãos.

No fundo, Doni sente que talvez não tenha mesmo um irmão de verdade.

– E aí, mano? Vamos nessa?

Enquanto sorri e acena positivamente com a cabeça, Doni segue Nilo e sua turma pelo pátio durante o intervalo, tentando imitar gestos e palavras. Como é bom ser tratado por "mano" pelo cara mais poderoso da escola!

Advertência, suspensão, conversa tensa com a nova diretora... Nada disso abala Nilo. E é por isso que Doni o admira tanto, o considera mais do que um irmão. No começo até achava que o outro às vezes exagerava um pouco nas humilhações aos colegas e no bate-boca com os professores, tendo ou não razão, mas agora compreende que para ser respeitado é preciso demonstrar força, sem vacilar.

Doni se surpreende quando Nilo se aproxima e lhe pergunta se está disposto a fazer umas "paradas" por aí. Diz que é para se vingar das perseguições que tem sofrido dos professores. Com ar decidido, o garoto diz que sim, sem saber exatamente do que se trata.

Logo fica claro o que as tais "paradas" significam: sujar, estragar, riscar e mesmo pôr abaixo tudo o que de novo e intacto encontrar pelo caminho. "Pura adrenalina e na maior segurança", garante Nilo.

E sem perceber direito o caminho que sua vida está tomando, de repente Doni se vê, no meio da turma de Nilo, quebrando o bebedouro, entupindo o banheiro, pichando o muro da escola... Tudo em surdina, longe da vigilância dos adultos, sem perder tempo ou deixar vestígios... Não há câmeras ali para se temer indesejáveis flagrantes. Coração a mil e orgulho a milhão ao ver o trabalho feito e ansiedade pela próxima "parada".

Meio hesitante no início, às vezes imagina a reação enfurecida da mãe e o ar de censura do irmão quando descobrirem no que ele está metido. Pensando bem, é sempre criticado, com ou sem motivo, por isso decide ir em frente.

Aos poucos, vai tomando gosto pela nova vida. Quando está em ação, sente-se forte, vencedor. Seu inimigo não é a pia nova ou o muro limpo. É sua vidinha pobre, sem graça e sem pai... São as broncas da mãe, a indiferença do irmão, a falta de amigos de verdade... Todos esses inimigos ele vai vencendo um a um, impiedosamente, com seus golpes certeiros.

Doni não demora a ganhar o respeito da turma. Pela primeira vez na vida seu talento é reconhecido, ganha elogios... E não de alguém qualquer: é de Nilo. Em troca de tanta consideração, só pode mesmo jurar lealdade ao outro. Juntos para o que der e vier, como legítimos irmãos. Sem recuos.

– E aí, mano? Saudades do seu amigo?

Ao ouvir a voz estridente de um garoto, seguida do riso debochado da turma, Doni sente vontade de socar aquele bando de hienas. Tudo traíra. Agora que o outro está na pior, ninguém se importa com ele. O "chefe", como o pessoal chama Nilo, se meteu em uma roubada.

De tanto aprontar, acabou sendo transferido de escola, para alegria de uns e revolta de muitos, que, como Doni, acham que a diretora pegou pesado demais com Nilo. Também, que vacilo do outro: comentar suas últimas façanhas, sem perceber o funcionário por perto. Mas seus verdadeiros amigos estão decididos a protestar contra o que aconteceu com ele, desafiando o comunicado da direção de que todos os alunos estão sendo vigiados de perto e que outros podem ter o mesmo destino de Nilo.

Doni sabe que a raiva que sente não é apenas pela frase maldosa do colega nem pelo sorrisinho idiota de felicidade no rosto de alguns. É que, ao ouvir a palavra "amigo", dita com tanta ironia, percebeu que de fato agora tem um amigo. Nilo, finalmente, o considera, o valoriza, coisa que ninguém nunca fez. Sua dedicação na hora de destruir, pichar, arrebentar, detonar deu-lhe moral com o chefe.

Jamais imaginou que aquelas "paradas", como dizia o Nilo, lhe fariam tão bem! Sente-se forte, poderoso, admirado pelo grupo... Bem diferente daquele molequinho tímido e ignorado por todos no dia a dia.

Para demonstrar força, Nilo resolveu ampliar seu território. Seus seguidores esperam apenas suas ordens para agir. E no bairro, por si só detonado, o equipamento de ginástica e os brinquedos de madeira da pracinha são o alvo escolhido.

Talvez na melhor atuação de Doni, o resultado é impressionante; parece que um furacão passou por ali. O coração acelerado do garoto dá-lhe a certeza: um furacão passou mesmo em sua vida, desde que conheceu Nilo e se tornou alguém de respeito.

Pela primeira vez, sente que tem um amigo, um amigo, agora execrado no bairro e que ele tem de defender disfarçadamente para não levantar novas suspeitas em casa, onde a mãe e o irmão cada vez fazem mais perguntas e desconfiam de suas explicações.

– E aí, mano, preparado?

Mais compenetrado do que nunca, Doni balança a cabeça positivamente para o companheiro a seu lado. Ninguém sabe direito o que aconteceu, mas Nilo foi pego em flagrante em um bairro vizinho. Dizem que a "parada" dessa vez foi bem séria. Colocado no carro da polícia, parecia ferido...

Revoltados com a situação, os verdadeiros parceiros de Nilo resolveram protestar de uma forma radical, ideia, aliás, de Doni, muito bem aceita pelo grupo. Agora ele está ali, prestes a entrar em ação.

A reação furiosa da mãe e o ar de superioridade do irmão quando descobrirem no que ele se meteu já não importam. Ele foi longe demais para recuar. Concentra-se na operação prestes a começar. O sucesso da "parada" depende dele. Não pode fraquejar.

O farol fecha e, como numa coreografia ensaiada, Doni e os outros se lançam no ataque ao ônibus. Neste horário não deveria ter mais ninguém no veículo, mas não é o que acontece. Assustados, uns poucos passageiros começam a se agitar. Uma voz irritada ordena que todos desçam imediatamente, se não quiserem se ferir. Caos, empurra-empurra. Impaciente, alguém dá uns cascudos nos mais lentos.

De repente, Doni, por trás de sua máscara de ninja, se depara com um olhar em que pavor e indignação se misturam. Nem sinal do habitual ar de superioridade, que ele conhece tão bem. Estremece. Lipe o encara insistentemente e ensaia dizer algo, mas é brutalmente calado. Instantes depois, olhares voltam a se enfrentar.

O queridinho da mamãe, sempre tão seguro de si, agora mais parece um bebê chorão que acabou de se borrar inteiro...

Doni permanece imóvel por infindáveis segundos de silêncio. Em meio à confusão de ideias e de sentimentos que toma conta de si, ouve uma indagação que não sabe se brota da própria garganta ou da boca ferida à sua frente:

– Mano, o que você está fazendo aqui?

IVAN JAF

Nasci no Rio de Janeiro em 1957, já publiquei mais de 60 livros, escrevi roteiros de cinema e HQ, e algumas peças de teatro. Acho uma grande bobagem o foco exagerado que se está dando atualmente para o corpo... padrões de beleza, academias de ginástica, cirurgias... em detrimento do espírito. A velhice chega. A morte é certa. Dar prioridade ao corpo é apostar em cavalo perdedor. "Eu não sou um pão de batata" é sobre uma menina que escapa dessa armadilha.

LUIZ ANTONIO AGUIAR

Nasci no Rio de Janeiro, sou escritor e há cerca de 30 anos me dedico a escrever histórias e a conversar com crianças e jovens sobre esse mundo que eu adoro, a Literatura. Tenho prêmios conquistados no Brasil (incluindo 2 Jabutis) e no exterior. Sou mestre em Literatura Brasileira, ensaísta, palestrante e professor em cursos de qualificação de Literatura para bibliotecários e professores de salas de leitura. Foi muito bacana escrever "A história de Carenina", criar esse personagem, essa garota de personalidade forte. Acho que nunca tinha encarado o tema do amor por esse lado, e gostei demais da experiência.

JOÃO ANZANELLO CARRASCOZA

Nasci em Cravinhos, São Paulo, e desde menino tomei gosto por arrumar o que me parece fora do lugar. Por isso, tornei--me escritor – escrever é ordenar o mundo por meio de palavras. Essa mania não tem conserto: publiquei 30 livros, e nada de parar. Certos leitores gostam da minha arrumação, já que me deram os prêmios Jabuti, APCA e FNLIJ, entre outros. Tive um tio muito parecido com esse do conto "Como a luz". Escrevi-o em homenagem a ele, para colocá-lo no devido lugar em meu coração.

SHIRLEY SOUZA

Nasci em São Paulo, já escrevi mais de 40 livros e ganhei dois prêmios literários: o Jabuti (2008), com *Caminho das pedras*, e o Prêmio Jóvenes del Mercosur (Argentina, 2008), com *Rotina (nada normal) de uma adolescente em crise*. Adoro tecnologia, *games* e vivo conectada. "Rápido demais" mergulha no universo virtual e mostra um lado perigoso – a superexposição, que pode virar um problema para qualquer um. Visite o *site* <www.shirleysouza.com.br> para conhecer minhas histórias.

MENALTON BRAFF

Nasci em Taquara, Rio Grande do Sul. Comecei ouvindo histórias que meu pai contava depois do jantar, nós todos em volta da mesa. Com 7 anos passei a escrever meus primeiros poemas, e com 10 já estava apaixonado por Machado de Assis. Com esta relação fechada com as palavras, não tive alternativa senão cursar Letras. Já publiquei 22 livros, conquistei um Jabuti (2000) e fui finalista de vários prêmios importantes. A história com que participo desta antologia é a ficcionalização do caso de um ex-aluno.

MARCIA KUPSTAS

Nasci em São Paulo, em 1957, tenho dois filhos e atualmente moro em Ubatuba. Meu pai dizia que eu, aos 5 anos, sentava em seu colo e ditava histórias. Falava que ia ser escritora, quando crescesse. Desde 1986, com meu livro de estreia, *Crescer é perigoso* (Prêmio Revelação Mercedes-Benz 1988) consolido este sonho infantil. O conto "O namorado da melhor amiga" caracteriza as paixões da juventude, tema recorrente em minha obra, de mais de cem títulos.

RAUL DREWNICK

Nasci em São Paulo, de pais poloneses pobres e cheios de sonhos... para eles e para mim. A família trabalhou duramente para que eu pudesse estudar. Escolhi ser jornalista e escritor. Pela crença de todos, eu seria alguém importante, mas o que eu queria mesmo era seguir meu caminho escrevendo e contando histórias. No conto "A estrela Anita" falo dessa situação em que jovens são escalados para realizar os sonhos dos adultos.

CARMEN LUCIA CAMPOS

Nasci em São Paulo. Desde sempre as histórias fazem parte da minha vida: primeiro, foram os causos contados pela minha avó; depois, os mirabolantes enredos que a imaginação produzia; e mais tarde, as redações que adorava escrever. Leitora voraz, estudei Letras, virei editora e autora. Hoje, com mais de 30 livros publicados, continuo fascinada pelas relações humanas e seus meandros surpreendentes, que me instigam a criar histórias como "Mano".

SILVIA AMSTALDEN

Eu sempre gostei de desenhar, e por causa disso fui estudar arquitetura. Mas quando me formei, descobri que em vez de projetar casas e prédios, o que me deixava mais feliz era desenhar livros. Nas minhas ilustrações, de acordo com o tema das histórias, sempre experimento materiais e técnicas diferentes. Para este livro, escolhi desenhar com lápis de cor e lápis dermatográfico sobre os papéis vermelho e lilás. A textura do lápis e a vibração das cores possibilitaram dar mais dramaticidade e emoção aos desenhos.

Este livro foi composto com a família tipográfica
Chaparral Pro, para a Editora do Brasil, em maio de 2015.